諸神的差使
1
淺葉なつ
Natsu Asaba

目錄

說書……5
一尊　狐狸與抹茶聖代……9
二尊　名言低潮期……71
三尊　龍神之戀……153
四尊　年復一年……211
說書……260
後記……266

諸神的差使

1

淺葉なつ

輕文學
Light Literature

說書

無論任何時代，人的心中都是有所祈求的。

有的人祈求豐收，有的人祈求子孫滿堂，有的人祈求自己能夠有個幸運的人生。縱使現代科學發達，淨闇（註1）已從世上逐漸消失，但是舉凡考試、就業、結婚等等，人的祈求依然無窮無盡。在日本，接受這些祈求的容器之一即是神社，而神社裡祭祀的，便是日本自古以來就存在的神明。

然而，翻開古書一看，縱使貴為神明，也會為了丈夫花心而生氣、懷疑妻子腹中的孩子是否真是自己的骨肉、落入兄長的陷阱、在姊姊家中大鬧，甚至潑糞洩恨等等，軼事不勝枚舉。

註1：經過淨化，屬於神明的時間及空間。在夜裡舉行神事時，去除穢氣、充滿清淨之氣的黑暗環境。

這些軼事究竟有幾分為真？為了眾神的名譽，在此姑且不提，但這至少足以證明，神明並不是凡人心中描繪的那種能夠實現所有凡人心願的完美存在。

「神因人敬而增威，人因神德而添運。」

這是貞永元年（西元一二三二年）制定的「御成敗式目」（註2）中的一段文字，說明神與人之間的關係原本是相互提升、相互扶持的。

然而，如今這個天秤失去平衡，神明成了單向傾聽人民祈求的存在。

結果，眾神的神力衰退，有的神明回到高天原，有的神明如同春天的融雪一般消失無蹤。勉強留在人間的神明也失去了原有的力量，自身難保。不知凡人可知道此事？

如此這般，接下來我要記錄的，是生長在這種現代日本，辦喪事時請寺院的和尚來唸經，聖誕節大啖蛋糕和烤雞，正月又去神社初詣的一般家庭裡的某個凡人。他也和其他芸芸眾生一樣，只會單方面地求神拜佛。

不，他甚至沒有打從心底相信神明的存在。

對於身為神明的我而言，人類和從雲間落下的雨滴、隨季節凋落的樹葉或吹拂過的微風並無不同。但是在我漫長的記憶中，他留下了一點鮮豔的色彩，因此我姑且寫下他的故事，聊以自娛。

直至我的鱗片褪去色彩的那一日為止——
若這個故事能被傳承下去，落入後世的凡人手中。
那也會是，無常人世中的一大樂事吧。

註2：鎌倉時代制定的法令。

一尊　狐狸與抹茶聖代

一

雖然生長在京都這個神社佛寺眾多、歷史悠久的城市，良彥卻是直到上了高中以後，才能明確區別寺院與神社的不同。

「小學的時候應該學過啊，你不記得嗎？」

高一時同班的藤波孝太郎，略帶驚訝地為他說明。

「寺院是佛教的，神社是神道教的；寺院供奉的是佛，神社供奉的是神。佛要解釋起來很複雜，一般指的通常是釋迦牟尼佛，和日本的神明完全不一樣。」

孝太郎是京都府內某個大神社的繼承人，時常對良彥講解這些知識。他不光是說明神社裡供奉了哪些神明，還解說建築物的歷史、境內（註3）鋪設小石子的含意，以及巫女穿的緋袴其實是裙子等等。

「還有，有些大神社的香油錢箱四周會圍得密不透風，這種的很可能是底下有輸送帶，能夠自動收集香油錢。」

雖然孝太郎一站到神明面前，參拜時比任何人都更加虔誠，但他不愧是神社的繼承人，有著超級現實的思考模式。對於良彥而言，孝太郎的話語就像未知的世界一樣有趣。

高中畢業後，良彥為了繼續從事從小學便開始投入的棒球運動，進了地方上以棒球社聞名的大學；孝太郎則是為了考取神職執照，進入東京某個設有相關學系的大學。然而，每逢孝太郎返鄉，良彥都會和他一起吃飯，遇上長假也會共同出遊，這層關係直到二十幾歲的現在依然未變。

大學畢業後，孝太郎順利考取神職執照，但他沒有回到自家的神社，而是到良彥家附近的大主神社當「出仕（神職實習生）」。自此以來，兩人便和高中時代一樣，幾乎天天見面。

九月上旬。這一天上午，良彥去打工之前，順道前往大主神社。他避開香客逗留的本宮，繞過境內的陡坡，參拜稱之為「大天宮」的神社。

良彥之所以來這裡參拜，純粹是因為這裡離本宮有段距離，鮮少有人來；而且這裡供奉的

註3：泛指神社、寺院等宗教設施的所有地。

神明叫「天神地祇八百萬神」，聽起來很厲害。良彥的祖父常來這裡參拜，良彥也有樣學樣，然而，良彥本身並非氏子（註4），家裡也沒有神龕，會參拜神明只是受到孝太郎和祖父的影響，就和習慣差不多。初詣、大考前或親朋好友生病的時候，良彥也會求神拜佛，但他和雖是超級現實主義者卻虔誠奉職的孝太郎畢竟不同，對他而言，神明只是種自我安慰的存在。

「……對不起，那時候我不該許那麼自私的願望……」

良彥遵照祖父教導的參拜方式，兩拜、兩拍手、一拜。雖然他自己也覺得這麼做似乎有點蠢，但還是說出這句話，並如釋重負地吁了口氣。他認為有錯就該鄭重道歉，即使神明並不存在也一樣。

「嗨！出仕大哥，真勤快啊。」

前往大天宮參拜完畢後，在殘留著夏日餘韻的天空下，良彥被蟬鳴聲包圍著，走下通往參道的長梯。他看見來時並不在場的孝太郎，正在手水舍（註5）旁邊掃地。

「……你看到今天的我，沒有任何感想嗎？」

孝太郎拿著竹掃帚，不滿地回過頭來望著以搞笑方式向他打招呼的良彥。

「咦？我必須有什麼感想嗎？心跳加速之類的？」

「我是說，你看見我的服裝，沒有什麼想說的話嗎？」

某個看似觀光客的團體一面拍攝紅色燈籠排列兩旁的長梯，一面緩緩走下來。為了避免被他們發現，孝太郎拉著良彥，移動到手水舍後方。

大主神社座落於昔日的大主山西麓，是起源於平安時代中期的古老神社，漆著紅漆的中門和迴廊十分美麗，境內散布著幾個攝末社（註6），聽說本宮供奉的神明是從奈良的春日大社迎請過來的。這座神社已經成為本地的觀光名勝，連旅遊導覽書上也有介紹，即使在平日香客也不少。

「你的服裝和平時沒什麼兩……」

說到這裡，良彥重新檢視孝太郎的裝扮，不由得住了口。

眼前的朋友和其他在神社奉職的人一樣，穿著白衣和差袴（註7），但是袴色和平時不同。

註4：日本神道教名詞，各氏族之守護神稱為「氏神」，後演化為同一地域共同奉祀之守護神，而居住於該地域並虔誠信奉該氏神之信眾則稱為「氏子」。

註5：供香客淨口、淨手的洗手池。

註6：攝社與末社的總稱。有別於神社本社，座落於神社境內或附近，歸該神社管理的小神社。

註7：和服褲裙的一種。

昨天之前，孝太郎穿的是白衣白袴，今天穿的卻是接近亮藍綠色的水藍色差袴。

見到良彥的反應，孝太郎知道他總算發現了，露出滿意的笑容。

「我從『出仕』變成『權禰宜』（註8）了，已經不是實習生，而是不折不扣的神社職員。所以你要叫我神職大哥，明白嗎？」

「……這代表……你升官了？」

良彥戰戰兢兢地問道，孝太郎點了點頭，表示肯定。

身高超過一百七十五公分，衣裝筆挺，黑髮剃得短短的，看起來整潔清爽，無論面對任何人都露出討喜的微笑，而且能言善道——這樣的孝太郎在這裡奉職沒多久，便大受附近的中年婦女和貴夫人氏子的喜愛。上至宮司（註9），下至神職前輩和打工的巫女，大家都對他讚譽有加，可說是眾所期待的新人。至於良彥，他的身高不滿一百七十公分，相貌平凡，站在孝太郎身邊只能當陪襯，而且除了棒球以外都是普普通通，現在聽說生來便才貌出眾的孝太郎升了官，他可不能置之不理。

「為、為什麼？你是怎麼做到的？走後門嗎？」

神社雖然位於市內，但是離市中心有段距離，因此離塵囂甚遠，蟬鳴至今仍響徹境內，毫無衰退之色；在清風的吹拂之下，周圍的樹木紛紛灑落打葉聲與陽光。良彥感受到一股莫名的焦慮，不禁抓住孝太郎的衣袖。

良彥去年剛從大學畢業、進入公司工作，卻在短短半年之後離職，直到今年春天才好不容易找到一份足以維持生計的打工。在他承受著家人冰冷的視線，每天翻閱求職雜誌、抱頭苦惱之際，孝太郎居然升官了，簡直是豈有此理。

「別說得那麼難聽。我是大學畢業的，本來就能當權禰宜，之前只是在實習期間。」

孝太郎扳開良彥的手，理了理衣襟。現在回想起來，孝太郎起初常抱怨這套裝束很難穿，如今卻穿得有模有樣。

「可、可是不久之前，你只是敲敲太鼓、吹吹笛子而已啊！」

「那是在練習神樂。」

「還有在空地堆沙丘……」

「那是破土大典。」

註8：神社的基層神職人員。
註9：神社的管理人。

「再不然就是下午時分和熟女開開心心地聊天！」

「那是在打好關係。」

孝太郎滿不在乎地回答，良彥對他投以狐疑的目光。

「神職人員幹嘛討好熟女？」

良彥懷疑地問道，孝太郎深深嘆一口氣。

「欸，既然有人在神社工作，當然就要發薪水，對吧？還得維修社殿、採購護身符和符咒、每年定期舉辦祭祀活動，這些都是要成本的。」

「成、成本……」

良彥一臉嚴肅地回望圈起手指示意金錢的孝太郎。眼前這人明明是神職人員，看起來卻像討債集團的一分子。

「所以，既然在神社裡工作，掌握住願意捐款的氏子和拜訪肯贊助的企業，都是非常重要的工作。」

良彥愣愣地聽著盤起手臂的孝太郎一本正經地說著這番話。打從剛相識時，良彥就知道孝太郎是個超級現實主義者，現在看來，他的功力又更上一層樓了。

「良彥，神明是必須敬畏的存在，奉祀時不可以有任何疏漏，但是，有一件事和奉祀神明一樣重要。」

背對著初夏太陽的朋友看來格外耀眼。良彥感受到超乎現實的背光，用手遮擋在眼前。只見孝太郎對這樣的他說道：

「經營神社是一門生意。」

良彥感到暈眩，忍不住閉上眼睛。

「……認識你以後，我心目中的神職人員形象變得越來越怪異……」

「神職人員也是人，又不能光靠吃雲霞維生。」

「話是這麼說沒錯啦……」

無論是哪種行業，應該都是這樣吧？外人無法理解個中情況。

「話說回來，你來幹嘛？今天不是要參加法會嗎？」

孝太郎突然想起這件事，停下竹掃帚，回過頭來詢問。良彥沒想到他還記得，頓時措手不及，支支吾吾地回答：

「啊，嗯，昨天辦完了。和尚很忙，所以提前舉辦。」

一年前過世的祖父的一周年忌在昨天順利地結束了。良彥家並不是虔誠的佛教徒，但就如同日本絕大多數的家庭一樣，良彥家也是採用佛教的祭奠方式。

「今天過來是因為……我等一下要去打工，順路過來而已。」

良彥從孝太郎身上移開視線，沒提及剛才去大天宮參拜的事。他的視線轉移到手水舍，只見青銅製的龍頭吐出的水汩汩流動著，在鑿石製成的水盤上製造出無盡的漣漪。

「哦，這樣啊。」

孝太郎喃喃說道，宛若在說良彥沒事找事幹，並重新開始打掃。接著，他發現新來的香客，連忙笑容滿面地招呼：「歡迎來參拜。」

⛩

結束了值班工作之後，良彥在大樓出口大嘆一口氣。某個年紀比他小的同事說了聲「辛苦了」，從他的身後走過。

「……辛苦了。」

良彥對著生氣勃勃的背影喃喃回答。時間還不到下午六點，身為大學生的同事或許正要去玩吧。良彥懶得換衣服，直接穿著工作時的白色連身服走出大樓。他又嘆了口氣才邁開腳步。

京都不愧是盆地，有著幾乎快融化身體的高密度酷熱，進入九月依然毫無衰退之色。

在母親的格言「一日不做，一日無食」的壓迫下，良彥在找到正職之前的過渡時期，先找了份清潔業的打工來做。醫院、商業設施、企業大樓，他每天都被派往不同的場所打掃。起先他像隻無頭蒼蠅，但習慣之後，這個只要默默移動打蠟機即可的工作，對於近來懶得與人交談的良彥而言，倒是挺輕鬆愉快的。

「……升官啊？」

良彥一面拖著穿癟了的運動鞋行走，一面嘀咕。在他這個連正職工作都找不到的人看來，晉升簡直是天方夜譚。

他從小學開始打棒球，高中的時候，曾一度以第一棒三壘手的位置實現了在甲子園出賽的夢想，但是在第一戰就敗退了；之後靠著推薦甄試進入設有棒球社的大學，大學時期又幸運地獲得擁有業餘棒球強隊的企業招攬。到這個階段為止，他的人生雖然稱不上戲劇化，卻可說是一帆風順。

然而，進公司不久後，良彥便因為練習時與隊友相撞，傷到了右膝半月板，不得不動手術；而在同一時期，公司的經營狀況惡化，無情地決定在該季廢除棒球隊。

「這就叫禍不單行啊……」

一回想起當時，良彥的右膝便感到一陣鈍痛。

包含手術在內，良彥在醫院住了三天。當他拄著拐杖回到公司時，已失去了安身之處。

非但如此，由於剛動完手術，醫生要求良彥不可過度用腳，以免造成膝蓋的負擔，因此他無法在外跑業務，也不能做需要久站的倉庫工作；漸漸地，周圍員工開始視他為包袱。良彥原本是仗著打棒球的名義進公司，如今失去活躍的場合，待在公司裡只覺得痛苦，結果才進公司半年，他便主動提出辭呈。之後，他一直過著近乎繭居的生活，直到今年春天才開始打工。

「我是不是該拜託孝太郎替我辦個疾病康復的祈願啊……」

良彥自虐地喃喃說道。這半年來，他漫無目標、毫無氣力，固然是找不到工作的原因之一；另一個原因則是，醫生說已經沒問題的右膝仍不時發疼，使得他雖然有心找份安定的工作，卻描繪不出未來的藍圖。

搭乘電車回到離家最近的車站後，良彥正想穿越通往自家方向的斑馬線，卻發現有個老人蹲在連接步道與地下道的樓梯旁。老人穿著藏青色的著流（註10），腳踩著現在已經不常見的兩齒木屐，身旁放著一個暗紫色的包袱，上禿的腦袋有著明顯的淡褐色汙漬。他抖著白色長鬚，發出痛苦的呻吟聲。

這個光景與良彥痛苦的記憶不期然地重疊了。

「您沒事吧！」

最壞的事態閃過腦海，良彥宛如彈跳起來似地衝向老人，跟著憶起的是胸口的鈍痛，以及再也見不到的祖父那穩重的微笑。

「要我叫救護車嗎？您有什麼老毛病嗎？」

在大學棒球社時代，良彥曾因為社團的規定而參加過市民救護員講習。他一面將當時習得的知識從記憶的角落挖出來，一面抱起老人，確認對方有無意識及呼吸。這一帶雖然是站前的鬧區，但由於電車剛開走，沒有人路過，而他也沒看見疑似老人同伴的人。

「胸口會痛嗎？」

老人骨瘦如柴，比想像中還輕。幸虧他仍有意識，只是脹紅了臉，抓著喉嚨。看來他並不是胸口痛，而是喘不過氣。

「是噎到東西嗎？」

若是如此，那可就得分秒必爭。良彥感覺到在自己低語的同時，有股難以言喻的不安爬上

註10：僅單穿和服，而不搭配袴，為男子較輕便的和服穿著。

胸口。他記得在因窒息而停止呼吸的情況下，只要經過四分鐘，心肺復甦的機率便會降低到百分之五十。

良彥立刻用膝蓋支撐抱起的老人，讓他趴下，並用手掌用力拍打肩胛骨一帶。現在沒時間慢慢叫救護車，老人缺乏體力，如果不就地急救，只怕他的生命將會燃燒殆盡。

「加油！」

良彥一面拍打老人的背部，一面對他喊話。

「倒在這種地方，您的家人一定會傷心……您有孫子吧！」

良彥最愛的祖父已經不會回來了。一想到這種痛苦，良彥不能不救這個老人。老人一定也有家人在等他回家。

「我也、不會、放棄的！」

說著，就在良彥不知第幾次用手掌拍打老人的背部時，身體僵硬的老人口中吐出一個比拳頭略小的白色物體。

「出來了！」

就在良彥大叫的同時，老人開始劇烈咳嗽，良彥輕撫著他的背部，鬆了一口氣。剛才老人連咳嗽和說話都辦不到，現在看來自己的急救是及格了。

「您沒事吧？」

隨著咳嗽止息，臉色也逐漸恢復的老人舉起一隻手，回應良彥的喊話。接著，他緩緩坐起身子，用手抹了抹嘴角，仰望天空。

「啊，我還以為自己死定了！」

老人神清氣爽地說出這句話。

「我到這附近來，順便買了很久沒吃的『若葉』麻糬，但是吃得太急了。」

老人拍了拍自己的禿頭，轉向良彥。

「已經隱居的老人真不該得意忘形，還學人邊走邊吃。要是你沒經過，搞不好我就這麼走了。真的很感謝你，謝謝。」

老人握住良彥的手，深深垂下頭來。正面一看，老人身材矮小，有張很得人緣的臉龐，眼角的笑紋讓良彥有股親近感。

「啊，不客氣……您沒事就好。」

老人剛才蹲在地上時的模樣和現在的輕快語氣之間的落差，令良彥感到困惑，忍不住抓了抓腦袋。總之，老人脫離險境是件可喜的事。雖然對方只是個偶然相逢的陌生老人，但是良彥打從心底慶幸自己成功救了他。話說回來，吃麻糬吃到噎著，他到底吃得多急啊？

「麻糬容易卡在喉嚨……」

「是啊，這次完全是我的疏忽，原諒我吧。」

老人再度垂下頭，良彥連忙改口：

「啊，不是，沒什麼原不原諒的！我只是想請您下次吃的時候小心一點……您的家人一定也會擔心……」

說這種話，會不會被認為是毛頭小子多管閒事？良彥如此暗想，說到一半，聲音變得越來越小聲。老人望著他，突然露出慈祥的眼神。

「敏益有個好孫子呢。」

聽見老人的低語，良彥猛然抬起頭來。

「咦？您認識我爺爺嗎？」

那是一年前過世的祖父名字。

「對，我跟他很熟。」

「是……朋友嗎？」

「意思差不多，是老交情了。」

老人一臉懷念地點頭，緩緩拾起地上的包袱，接著，從裡頭拿出一本比文庫本稍大一點的綠色冊子。

「今天我是來找你的，我想把這個交給你。」

說著，老人遞出冊子。

那是本用和紙製成的奏摺型冊子，封面有些汙漬，看起來不像新品。

「……這是？」

良彥詫異地問道，老人則以溫和的視線看向冊子。

「這是敏益寄放在我這裡的東西。雖然過程一波三折，但是最後大家都同意把它交給你這個孫子。」

良彥不解其意。老人說是寄放的，代表這本來是祖父的東西囉？

「你一定能夠把差事辦得妥妥當當。其他的事，去問狐狸吧！」

順手接過冊子的良彥仍感到困惑，但老人神清氣爽地說完這句話後，便道了聲「再見」，轉身離去。

「咦？呃、呃！」

良彥連忙朝身穿著流的背影呼喚，但老人的步伐比想像中輕快許多，頭也不回地離開。

「請、請等一下！至少告訴我您的大名……」

良彥追著老人的背影，彎過小巷子的轉角，卻不由得愣在原地。

「咦……」

他剛才追逐的著流背影一眨眼便突然消失，眼前只有熟悉的小巷子和櫛比鱗次的住宅。老人是彎進了某條岔路嗎？

「……他是爺爺的同學嗎？」

就年齡推測，這個可能性很高，但良彥終究不知道老人是什麼來頭。

良彥迷惘片刻，最後放棄歸還冊子，短短地吁一口氣。主人的身影已然消失，即使他想歸還也無從還起。

手上的冊子縫了層布，依角度不同，看來既像青綠色，也像嫩葉色，做工非常精美。良彥確認一下內文，全書三分之一的頁面都已經寫上文字。

「……這是什麼？」

每頁都用同樣的書法字體寫下一段烏黑的文字，而且蓋上各種設計別緻的朱印。然而，這些文字良彥完全不熟悉。志那都比古神、天之久比奢母智神、日名照額田毘道男伊許知邇神等等，看在他的眼裡根本與暗號無異。

「……完、完全不會唸……」

就算要猜也無從猜起的漢字排列，這是某種名稱嗎？或是古文？良彥不明白。他皺著眉頭隨意翻頁，發現後頭三分之二的頁面都是一片空白，白色的和紙顯得相當刺眼。

良彥闔起冊子，嘆了一口氣。這些複雜的漢字他根本看都看不懂，不知道祖父的這本書有什麼用途？

「先回家吧……」

問問家人，或許會有人記得這本書。良彥一面如此暗想，一面加入匆匆踏上歸途的人群，再度邁開腳步。

二

良彥與父母、妹妹同住，直到一年前為止，祖父也與他們住在一起。祖母在良彥高中時因為心臟病突然逝世，之後，良彥家便把成了孤家寡人的祖父接過來同住。祖父的個性穩重沉靜，即使不說話，感覺心意也能相通，對於良彥而言，是個令人感到安心的長輩。而且祖父似乎也和良彥有相同的感覺，雖然從不過問良彥的事，但每逢良彥要參加運動會或遠足，便會替他製作晴天娃娃；如果良彥感冒，也會替他調製特製的蛋酒，是個相當溫柔的人。參拜神社是祖父每天的例行工作，有時會帶著良彥一起前往大主神社，有時則是獨自一人踏上參拜之旅。

收到祖父因為腦幹出血而昏迷的消息，正好和良彥失去棒球這個心靈支柱是同一時期。祖父的意識遲遲沒有恢復，主治醫師也說他年事已高，要家屬做好心理準備。良彥繼棒球之後，再度面臨昨天還理所當然地陪在身旁的人事物或許會突然消失的現實。

說來諷刺，透過電話得知祖父過世的那一天，天空一片晴朗、萬里無雲。

那一天，在公司裡如坐針氈的良彥，到了午休時間，便一個人逃跑似地來到公園，硬生生地將超商飯糰塞進口中，而電話就是在這個時候打來的。

將手機壓在耳邊，抬頭望見的是無垠的藍天。

這幅殘酷的美景，將良彥心中僅剩的意志和緊繃的忍耐絲弦輕易地切斷了。

「我出門囉！」

妹妹的聲音從樓下隱約傳來，良彥微微地睜開眼睛。一瞬間，夢與現實混在一塊，良彥眨了三次眼，才察覺眼前的風景正是自己熟悉的寢室。

時間是上午八點半，是還在上大學的妹妹為了上第一節課而前往學校的時段。她和除了棒球以外一無是處的哥哥不同，是學生會幹部，老師和家長都對她印象良好。在家也會幫忙做家事的妹妹個性稍嫌強悍，對待哥哥的態度頗為粗暴。

「良彥～你醒了沒～？」

今天不用打工，良彥翻了個身，原本打算繼續睡回籠覺，耳邊卻傳來在陽台上晾衣服的母親聲音。

「如果醒了，快去吃早餐行不行？媽媽今天要工作，想快點收拾！」

我行我素的母親基本上是不管良彥的行程如何安排的。別的不說，她沒把失業半年的兒子趕出家門，還肯替他做飯，已經夠仁慈了。

良彥本想無視母親，繼續睡回籠覺，但最後還是慢吞吞地坐起身子。三坪大的寢室裡實在稱不上井然有序。過去花費在棒球上的時間，最近都耗費在線上遊戲。良彥避開堆在地板上的雜誌下床，視線不經意地停留在凌亂的書桌上。

「……咦？」

昨天陌生老人送給他的冊子，不知何故呈現攤開的狀態，但良彥記得昨天明明是闔上的。

他也考慮過被風吹開的可能性，但是窗子只開了一道細縫換氣，不可能有足以翻開冊子的強風灌進來。

良彥一面克制呵欠，一面走向書桌。昨天，他不著痕跡地向父母打聽了冊子的事，但兩人都說毫無印象，不過，祖父曾到全國各地的神社參拜，或許是當時留下的紀錄簿。良彥上網查過冊子中的某段文字，得知似乎是神明的名字，但對於其他部分依然一無所知。

「唔？」

良彥窺視著攤開的冊子，發現上頭似乎寫著文字。在寫有內文的三分之一頁面的最後一頁，依然不知道該怎麼唸的神名之後，有道以淡墨寫下的字跡。

「之前有這個嗎……？」

良彥以為自己睡迷糊了，揉了揉眼睛，但眼前所見似乎是現實。或許是自己昨天翻閱的時候沒注意到吧。

「……方、位、神……？」

良彥拿起冊子，逐字唸出上頭的文字。他連這三個字排在一起該怎麼唸都不知道，是唸成「HOUIZIN」嗎？和其他頁面字體相同的這三個字，顯然是用嫻熟的筆法寫下的，一撇一捺都柔軟且美麗；不過，用的卻像是寫白包用的淡墨，不像其他頁面的文字那般烏黑且強而有力。

「……這是什麼？」

除了這三個字以外，沒有任何記述，令良彥歪頭不解。他剛起床，整個人懶洋洋的，只是茫然地望著這三個字。良彥根本不知道該如何解釋，正打算開啟電腦搜尋這三個字時，耳邊再度傳來母親的聲音。

「良彥～你到底吃不吃飯啊？」

「啊，要，我要吃！」

良彥如此回覆在門外再度叫喚的母親，慌忙下樓吃早餐。

⛩

從良彥家步行十分鐘的路程，便是坐擁大主神社的大主山。雖然名義上是山，但其實只是個小山丘，山麓和大學的廣大校地為鄰。

走過並列著社團招生看板的步道，再沿著時鐘台所在的正門前道路走到盡頭，便是鮮紅色的第一鳥居；穿過始於第一鳥居的碎石子表參道，即可看見手水舍和第二鳥居，以及通往本宮的長階。

「方位神？」

孝太郎從授予所（註11）的窗口探出頭來，打量著良彥帶來的冊子。

想知道關於神明的事，與其自己慢慢上網搜尋，不如問孝太郎比較快——這就是良彥造訪大主神社的理由。他也跟著窺探孝太郎手上的冊子。

「這個名字我看不懂，而且這本書到底是幹什麼用的，我更是一頭霧水。是我爺爺的朋友送給我的，說是爺爺寄放在他那裡。」

另外，那個老人還說了句意味深長的話：「雖然過程一波三折，但是最後大家都同意把它交給你這個孫子。」這句話到底是什麼意思？而且，老人還叫他去問狐狸，這和稻荷神（註12）有什麼關係嗎？

「看起來像是御朱印帳，但是又不太一樣……」

「御朱印帳？」

良彥反問對著冊子沉吟的孝太郎，孝太郎便從手邊的展示櫃中拿出御朱印帳的樣品，遞給良彥。只見略帶灰色的白底封面上，畫著大主山草木的水墨畫，旁邊則是紅色的鳥居。

「參拜神社時，會將神社的名字、日期還有那個神社特有的印章蓋在這種朱印帳上，留作紀念。現在有很多人參拜的時候都會收集這種紀念章……」

說到這裡，孝太郎又沉吟起來。

「不過，這裡面寫的全都是神名，還有很冷門的久久紀若室葛根神，連我都想不起來祂是什麼神……神名的排列方式看起來也沒有什麼規則性……啊，還有日名照額田毘道男伊許知邇神耶！這個名字我當初背了好久。」

孝太郎夾雜了感想，又繼續說道：

「但御朱印帳一般不是寫神明的名字，而是寫神社的名字。還有，為什麼只有方位神的墨水這麼淡？活像喪事似的。」

孝太郎一臉詫異地歪著腦袋，良彥則是望著與護身符並排的御朱印帳的樣品。上頭用濃墨寫著烏黑的文字「參拜　大主神社」，左端是年月日，而大主神社的朱印、社殿圖樣的朱印以及「坐鎮大主山」字樣的朱印，則是直接蓋在神社名上頭。這和他那本只有神名與朱印的冊子不太一樣。

註11：神社內販賣護身符及繪馬等物品的地方。
註12：日本神話中掌管穀物、食物之神，相傳狐狸為其使者。

「我們這裡也有供奉方位神的末社，但是一般不會特別寫出祭神名……」

「咦？這裡有方位神？」

聽孝太郎這麼說，良彥抬起頭來。他之前從沒留意過神明的名字，這才知道原來方位神近在身邊。

「其實方位神並不是神道教的神明，而是陰陽道的神明。陰陽道在明治時代被廢止了，不過我們這裡的四石社供奉著方位神。」

「……陰陽道就是安倍晴明的那個嗎？」

良彥詢問，孝太郎點了點頭。

「對。古時候，佛教、道教、神道和陰陽道全都混在一塊，根本是大雜燴。陰陽道被廢止以後，百姓不能光明正大地祭拜方位神，就把祭神名給改了，直到昭和初期才改回來。不惜如此大費周章也要把方位神留在末社裡，可見當初信奉的人應該不少。」

孝太郎淡然說明，眼睛依然注視著冊子。

「……話說回來，末社是什麼？」

良彥幾乎每天跑神社，但是對於神社的知識不怎麼深厚。

孝太郎取出用來分送給香客的單色印刷紙張「大主神社簡介」，在良彥面前攤開。

「所謂的末社，就是本宮之外的小神社，另外也有些被稱為攝社，供奉的大多是和本社的祭神有關係的神明，比如神明的妻子或孩子。」

孝太郎指著紙上的境內圖，繼續說道：

「大主神社有兩個攝社，七個末社，境內還有供奉飲食類祖神的神社，神明挺多的。」

「原來那些小神社是這種用途啊……」

良彥忍不住就地環顧境內。他看過那些小神社，但從未思考過那些神社是什麼；而良彥自行認定的參拜場所「大天宮」，似乎也是末社之一。

「其實你也不用想太多，你爺爺很喜歡神社，或許這本冊子只是他寫來自娛。方位神這三個字，搞不好是他試筆時寫下的。你就當作是爺爺留下的遺物，乖乖收下吧。」

孝太郎興味索然地下了這個結論，將冊子遞還給良彥。

「……嗯，也對。」

良彥有些洩氣地嘆了口氣。若能再見到那個老人，直接問他當然最好，但是良彥根本不知道對方住在哪裡、叫什麼名字，只知道他是祖父的朋友，彼此重逢的可能性微乎其微。

「啊，對了，這個方位神的神社在哪裡啊？」

良彥向孝太郎道謝後，本想回去，卻又突然感到好奇，便如此詢問。

「穿過第二鳥居以後就是了。從境內下了階梯以後的右手邊。」

孝太郎從授予所的窗口探出身子，比手畫腳地替良彥說明。

良彥一面沐浴在響徹大主山的蟬鳴聲中，一面依照照孝太郎報的路，走下通往參道的長階。陽光穿過頭上迎風作響的枝葉，落在石階上。半途，良彥和某個年邁的香客擦肩而過，雙方都輕輕點頭致意。雖然彼此素不相識，但是不必交談，也能窺見聚集在同一尊神明底下的人們和善的一面。每當遇上這種場面，良彥總是感觸良多。平時他並不會對路上遇見的人們打招呼，可是一到神社，既非氏子、信仰也不怎麼虔誠的他，卻會自然而然地做出這種行為，實在很不可思議。

「就是這裡啊……」

良彥穿過位於第二鳥居內側的石造鳥居，鞋底將碎石子踩得沙沙作響。前方的紅色小神社不像本殿漆得那麼光鮮亮麗，似乎有點褪色；雖然內部很小，只可勉強容納一個人，但是蓋得很精巧，宛若本宮的迷你版。神社的正面也有放香油錢箱，良彥印象中看過香客先到這裡參拜之後才上本宮。

「我以前完全沒聽過方位神……」

神社前的鳥居旁有個記載由來的立牌，根據立牌所示，這座神社叫四石社，建造年代不詳，但平安時代的書籍便已經有這個名字。境內四角各埋著一個可以用手環抱的大石，正是代表四個方位。

良彥打開手上的冊子，確認以淡墨寫下的文字及立牌上的文字。

「的確是方位神……」

雖然名字一致，但這又代表什麼？良彥環顧四周，並沒有足以解開冊子之謎的線索。他嘆了口氣，正打算回家。

「你就是差使？」

突然有道聲音傳入耳中，良彥回頭觀看，但是背後並沒有人，只有歷經了盛夏的樹木迎風搖曳著。

「……剛才那是什麼聲音……？」

要說是自己聽錯，也未免聽得太清楚。良彥感到不可思議，再度環顧四周，發現有一隻狗坐在神社石階上的香油錢箱彼端。

良彥剛才完全沒注意到這隻狗的蹤跡，不知牠是從哪裡跑進來的？是附近人家飼養的家犬嗎？良彥轉動視線，想確認牠有無項圈，卻發現這隻狗長得有點怪異，不禁皺起眉頭。

「……不是……狗……？」

良彥本來以為牠是隻體型稍大的柴犬，仔細一看，才發現牠全身都披著亮麗的金黃色毛皮，四腳的腳掌則如漸層一般轉為銀毛。以狗而言，牠的鼻口似乎過細，豎起的耳朵也太大；和身軀差不多長的尾巴粗大蓬鬆，教人看了忍不住想摸。牠那雙鮮豔的黃綠色眼眸一直盯著良彥看，幾乎快把他吸進去了。

「咦……」

良彥如此低喃，隨即啞然失聲。

眼前的不是狗，而是一隻美麗的狐狸。

「竟然將我誤認為狗，實在無禮至極。此地有都城，從前仍時興方違（註13）的時候，我可是倍受重視。」

再度傳來的聲音，的的確確是從那隻狐狸口中發出的。

良彥望著這幅光景，呆立片刻之後，緩緩地摀住眼睛，垂下頭來。他明明睡得很飽，難道疲勞還沒消除嗎？居然看見狐狸，而且那隻狐狸還會說話。

「……原來如此，那本書最後落到你的手上啊？」

狐狸確認似地說道。良彥戰戰兢兢地抬起頭來，再次目睹牠的身影，背部不禁冒出冷汗。

「……狐狸在說話……」

「你帶著那本書，代表你是來辦差事的？」

「真的假的啊……」

「那我就閒話少說。我要交代你辦的差事是……」

「這是立體影像嗎……？」

良彥忍不住走上前去，用右手撫摸狐狸柔軟的毛皮，狐狸慌忙甩開他。

「住、住手！沒有我的許可不許摸！」

良彥的手背被狐狸用前腳抓出一道紅色爪痕。見狀，良彥暗暗倒抽一口氣。無論是毛皮的觸感或是被抓傷的痛楚，在在顯示這不是幻覺。

「別以為你手上有『宣之言書』，就可以為所欲為！」

狐狸焦躁地舉起右前腳，指了指良彥手上的綠色冊子。看來牠的脾氣不太好。

註13：平安時期由陰陽道發展出來的習俗，意指出遠門前先占卜方位之吉凶，若目的地的方位為凶，則先到不同方位的他處過夜再前往目的地，以趨吉避凶。

「原來這本書叫這個名字……」

良彥沒聽過「宣之言書」這個名號。話說回來，眼前都有隻會說人話的狐狸了，其他事也沒什麼好大驚小怪的。

「這是昨天一個不認識的老爺爺給我的……他說是我爺爺寄放在他那裡……」

這該不會是「死亡筆記本」之類的東西吧？

正當良彥胡思亂想之際，狐狸收拾心緒，輕輕地清了清喉嚨，開口說道：

「你是如何得到它的，並不重要。重要的是，你得聽我的吩咐。」

「……聽你的吩咐……？」

良彥不解其意，皺起眉頭。看見他的表情，狐狸微微歪了歪頭。

「你那是什麼表情？難道你人都來了，卻不辦差事？」

「請、請等一下，什麼吩咐、差事的，我根本不知道是怎麼一回事……」

光是突然出現一隻會說話的狐狸就教人難以接受了，還有其他的嗎？

面對啞然無語的良彥，狐狸啼笑皆非地微微嘆一口氣。

「你什麼都不知道？」

連對這句話都感到疑惑的良彥，突然想起那個老人的話語。

「啊！對了，那個老爺爺說過『其他的事，去問狐狸』……」

那個老人知道會發生這種事，才說那句話的嗎？

聽良彥這麼說，狐狸的鼻口明顯地皺了起來。

「……怪不得，我還在想這次怎麼這麼反常，頭一個就寫我的名字……那個臭老頭……」

狐狸小聲嘀咕，嘆了一口氣，又清了清喉嚨。

「你手上的是『宣之言書』，別名叫『差事簿』。」

良彥看著冊子鮮豔的封面。

「得到這本書的人，必須依照書中浮現的神名造訪神社，並替坐鎮該神社的神明辦事。換句話說，就是當神明的差使。」

聽著黃綠色雙眸的狐狸道出原委，良彥的大腦資訊處理速度追不上，愣在原地好一陣子。

別的不說，打從狐狸開口說話的那一刻起，就已經違反常理。

「…………神明的差使…………？」

良彥重複這句話，各種迴路逐漸在腦內連接起來。

「…………為什麼找上我？」

這是第一個疑問。

「再說，既然是神明，應該可以自己想辦法吧……？」

良彥一頭霧水。別的不說，沒有比神明更強的神力，要怎麼替神明辦事？直到半年前都還是個繭居族，沒有再次就業、只是遊手好閒的良彥，哪來這種本事？

狐狸從隱約可見的牙縫間吐了口細細的氣。

「別以為現代的眾神是萬能的。」

狐狸瞇起黃綠色的眼睛，猶如在審視良彥一般望著他。

「從前，人們透過祭神的行為敬獻感謝之心，神明藉此補充神力，而凡人也可蒙受神明的恩澤。神與人是共生的關係。」

「這、這樣啊……」

良彥愣愣地說道。他從沒聽說過神與人是互助互利的關係。別的不說，他一直認為神之所以為神，正是因為祂們是人類無法匹敵的存在。

「在日本，用正確的方式祭神的人少之又少，也難怪你不知道。過去，眾神接受豐厚的祭祀，神威無遠弗屆，用不著派遣差使也能辦事。可是，現在呢？」

「我、我不清楚……」

面對困惑的良彥，狐狸搖了搖頭，宛若在感嘆一般。

「我在這個神社裡，常看見平時根本不祭神的凡人，心血來潮就跑來許願，許完了便拍拍屁股離開。再這樣下去，神的力量只會越來越衰弱……」

良彥自己也幹過這種事，不由得露出苦瓜臉。不過，現在這個時代，去神社許願不是常態嗎？良彥也想不出除了實現願望以外，神明還有什麼工作。

「得到『宣之言書』的人，必須聽候神明的差遣，代替力量減弱的神明辦事。」

狐狸的黃綠色雙眼再度捕捉住良彥。

「本來差使是由代代與神有淵源的人來擔任，不過你的祖父常懷著謙虛與感謝之心參拜神，而且擁有一顆慈悲心，所以大神特別破例，賜他這個職務。」

聽見狐狸談起祖父，良彥抬起頭來。

狐狸似乎回憶起當時，帶著溫和的眼神繼續說道：

「雖然是破例晉用，但他為了神明，從北到南四處奔走，是個好人。」

聽見祖父受到讚美，良彥感到很開心；然而另一方面，聽到這番話，也讓他背上直冒冷汗。祖父的嗜好的確是參拜全國各地的神社，如果狐狸所言屬實，那麼這就不是單純的嗜好，而是祖父為了替神明辦事才四處奔走。

「不過，他畢竟是凡人，壽命終有結束的一天。你的祖父前往幽冥之後，眾神再度商議，選出一個適當的差使。那是代代奉祀神明的古老社家（註14）一族之子。」

「咦？那為什麼又會找上我……？」

良彥早就覺得奇怪了。或許這話不該由自己來說，但萩原良彥絕不是那種會被神明看上的人才。他和優秀的妹妹不同，做什麼事都普普通通，連唯一的專長棒球也不能打了。

狐狸瞥了良彥一眼，不悅地嘆了口氣。

「一般而言，被選上的差使和『宣之言書』是用『緒帶』連接起來的……」

說著，狐狸舉起右前腳，在空中畫了個複雜的圖案，接著又用鼻尖指向良彥的脖子。

「現在你應該也看得見了，從你脖子後方冒出來的就是緒帶。」

良彥連忙低頭察看，只見剛才看不見的綠色絲線模糊地浮現，連接著「宣之言書」和自己的後頸。

「這是什麼？」

「我不是說了？是緒帶。」

良彥想確認自己的後頸，在原地猛打轉；狐狸啼笑皆非地看著他，繼續說道：

「先前中選的差使因為某些緣故，緒帶斷了，所以臨時需要找個人代替他擔任差使。」

「斷了……？」

良彥重新檢視從「宣之言書」冒出來的綠色緒帶。即使觸摸也沒有觸感，想抓也沒有實體，感覺就像雷射光。

「……那、那只要再綁起來……」

如果斷了，再綁起來不就好嗎？

聽了良彥的話語，狐狸啼笑皆非地嘆一口氣。

「沒這麼簡單。緒帶是連接神和差使的東西，不是想摸就摸得到。」

「這樣啊……」良彥喃喃說道，再度望向緒帶。剛才還看得一清二楚的緒帶，隨著時間經過逐漸變淡，最後便看不見了。

狐狸瞇起黃綠色的眼睛，繼續說道：

「雖然是代理差使，但這可不是誰都能擔任的工作，由於必須奔走全國各地，最好要年輕，而且要謙虛、心懷慈悲、親近神明並且清高正直。只可惜找遍全國各地，也找不到符合所有條件的人。此外，優秀的人才多半擔負重要職務，又或是為了擔負重要職務而在接受教育，

註14：世襲神職的家系。

沒時間替神明辦事。所以挑選人才的高位大神只能把條件越降越低……」

狐狸瞥了良彥一眼，令他有種不祥的預感。他不認為再聽下去自己會感到高興。

「……我該不會是用消去法選上的吧……？」

良彥戰戰兢兢地問道。

「不光是如此。你是敏益的孫子，也是個很大的因素。」

狐狸並未否認消去法的部分，若無其事地回答。

「……除了我是前任差使的孫子這一點以外，還有什麼理由？」

「這個嘛……」

面對良彥的問題，原本滔滔不絕的狐狸突然撇開視線，變得支支吾吾。

「的確，你這個人……死氣沉沉，寬以待己，卻又希望別人了解你，而且是個冥頑不靈的小頑固，工作也做不久，還是個繭居族……窩囊廢……大神怎麼會允許你當差使呢……我可是反對的……」

「咦？呃，等等，我不是想聽我的壞話耶！」

為什麼自己得被一隻剛見面的狐狸批評成這樣？而且最可悲的是對方完全沒說錯，所以良彥無法反駁。

喃喃自語的狐狸收拾心緒，轉向良彥。

「總之，差使這個位子不能空下來，這算是暫時代理的臨時措施，只要找到下個人選，立刻可以還你自由。在那之前，你得遵照『宣之言書』，替神明辦事。」

良彥覺得有太多地方令他難以接受，用狐疑的眼神望著眼前的狐狸。如果是好言拜託他，或許他還肯答應；但是被說得一無四處，還要叫他替神明辦事，他實在嚥不下這口氣。別的不說，這番話是真的嗎？該不會只是自己在作夢吧？

「……你到底是什麼來頭啊？」

良彥對著在腳邊捲尾而坐的狐狸提出這個最基本的疑問。

「現在才問這個問題？」

狐狸有些傻眼地嘆一口氣之後，說道：

「我是坐鎮於這個神社、掌管方位的方位神。因為我的毛色如此，其他神明都叫我『黃金』。」

那身美麗的毛皮似乎變得更加閃亮了，良彥感到刺眼，忍不住瞇起眼睛。

「……祢是神明……？」

良彥有些難以置信，如此反問。雖然他常來神社參拜，但其實不怎麼相信神的存在。這樣的他——

「……真的假的？」

居然會親眼見到毛皮蓬鬆好摸，但個性有點急躁的狐神。

「『宣之言書』浮現的不就是我的神名『方位神』嗎？」

聞言，良彥困惑地點頭。

見狀，黃金露出滿意的微笑。

「那就聽我吩咐吧！」

三

「狐狸？」

再度返回大主神社境內的良彥，擋在正好走出來的孝太郎面前，抓著他不放。

「對。方位神是狐神嗎？」

良彥指著在身旁用後腳搔著下巴的黃金，如此問道。

良彥還沒單純到別人自稱是神明便深信不疑的地步。不問問第三者的意見，他不知道是否該相信這隻自稱「黃金」的狐狸。

「方位神的種類很多，有吉神也有凶神……應該是這些神明的總稱吧？至於是不是狐狸我不知道，我又沒看過。」

孝太郎滿不在乎地說道，確實有超級現實主義者之風。黃金應該在他的視線範圍內，但他毫無反應，看來他看不見黃金。

「呃，那隻狐狸說我是差使……」

說著說著，良彥的腦海一角也覺得自己說得太直接，果不其然，孝太郎聽了，面露同情之色，將手輕輕放在良彥的雙肩上。

「良彥，聽我一句勸，回去睡覺吧！」

「說的也是……」

良彥乾笑了幾聲。其實他睡得可飽了。

聽著兩人的對話，黃金並未插嘴，只是打了個呵欠，百般無聊地望著他們。

「還是要我替你辦個解厄祈願？五千圓，要先付清。」

孝太郎不耐煩地抓了抓後腦，如此說道。良彥頓了一頓，詢問：

「……沒有友情價嗎？」

「沒有。」

「我想也是。」

雖然是預料之中的答案，但對方說得如此乾脆，反而爽快。

「你特地折回來，就是為了這件事？待會兒有初宮參拜（註15）和計程車車行的行車平安祈願，我很忙。」

孝太郎表示他得開始準備，轉身就要回社務所（註16），良彥對著他的背部問道：

「……順便問一下，辦理初宮參拜和行車平安祈願，神社可以賺多少錢？」

孝太郎默默回過頭來凝視著良彥，並緩緩露出微笑。

「你的想法怎麼這麼俗氣？良彥，重要的不是錢，而是獻給神明的虔誠心意。」

少騙人！

望著通往社務所的木門關上，良彥當場無力地跪下來。孝太郎鐵定是認為，與其聽朋友胡言亂語，不如選擇現實上的實質收入。可是，良彥明明清清楚楚地看到一隻狐狸正撐直了前腳伸懶腰啊！

在香客們狐疑的視線注視之下，良彥最後左搖右晃地離開現場。他疲憊無力地走向通往參道的長階，在途中耗盡氣力，跌坐在地。跟在他身後的黃金也在同一階坐下來，喉嚨發出「咕嚕」一聲，宛若在笑。

「那個權禰宜挺有趣的，表面上看來沾滿世俗味，卻沒失去內心的光芒。清濁並容的神職人員……有意思。」

「如果祢中意孝太郎，不如去拜託他吧。」

良彥自暴自棄地回了一句。聽到自己是臨時被找來代打，怎麼提得起幹勁？更何況這隻狐狸是否真的是神明還有待商榷。

「他來當沒意義，『宣之言書』是在你手上。」

「反正只是代理，誰來當不都一樣嗎？」

「被選上的可是你啊！」

「還不是靠我爺爺的關係嘛！」

註15：祈求嬰兒平安長大的儀式。
註16：神社的辦公室。

聽到良彥自虐般的回答，黃金啼笑皆非地嘆一口氣，輕輕搖動金色的尾巴。

「……我不希望你得意忘形，所以本來不想告訴你……」

說著，黃金瞥了良彥一眼。

「雖然你只是臨時代理，但你之所以獲選為神明的差使，除了是敏益的孫子這一點，還有其他理由。」

聽到這句意外的話語，良彥微微睜大眼睛。他不是用消去法選上的嗎？

「我長年隱居在神社裡，大約一年多前，看到你每天都跑來這裡的末社報到。」

嫩綠的樹葉在頭上迎風搖曳。

「你沒跟你那個權禰宜朋友說，自己偷偷跑到大天宮祈禱，對吧？為了你的祖父。」

良彥回望黃金的雙眼，啞然無語。

這是他從未對人提起過的祕密。

祖父病倒之後，良彥思考著自己能夠為祖父做什麼，最後決定每天前往大天宮，祈求祖父康復。他瞞著孝太郎和家人，無論颳風下雨，即使是在職場倍受孤單折磨後歸來的夜晚，或一思及未來便滿懷不安、徹夜難眠的早晨，都抱著疼痛的膝蓋緩緩爬上石階，每天前來參拜，從未間斷。

「祢……怎麼知道……」

平時良彥根本不信神，當時卻打從心底期盼神明真的存在。如果世上真有這種超凡的存在，希望祂們能夠救祖父一命。當時的良彥認為自己能做的只有這件事。

黃金啼笑皆非地嘆了口氣，瞥了良彥一眼。

「你忘記我是神嗎？還問我怎麼知道？這種蠢問題就別問了。」

良彥無言以對，只好閉上嘴巴。他對於黃金的真實身分仍感到懷疑，但要說祂只是隻普通的狐狸，又無法解釋祂為何能說人話，以及為何對神明的事情如此清楚。承認祂是神明，反而較能釋懷。

黃金的視線滑向頭上，繼續說道：

「無論有什麼苦衷，遇上麻煩才來求神，不是件值得讚許的事。對於平日不祭神只會許願的人，許多神明是敬謝不敏的。所以你也一樣。照理說，即使你是前任差使的孫子，也不該中選，不過……」

說到這裡，黃金停了下來，宛若在思索似地眨了眨眼。

「不過，當時你一心只為祖父的健康祈求，完全不提自己身體的疼痛及工作上的事。你的行為，都看在眾神的眼裡。」

良彥百感交集地垂下視線。他並不是為了獲得讚美才那麼做的。

他很清楚，即使膝蓋能戲劇化地痊癒，現在的他也無法靠打棒球維生。若說他對長年從事的棒球運動已經毫無眷戀，那是違心之論；但是繼續執著下去的熱情，早已從他心中消失。棒球和祖父相比，在他心中的情感比重實在相差太大，僅是如此而已。而且……

良彥微微地嘆一口氣。

而且，當時他或許把獨自與病魔奮戰的祖父，和在公司裡孤軍奮戰的自己重疊在一起。

黃金頓了一頓，才繼續說道：

「還有，昨天你在大天宮參拜時說的話，也成了另一個因素。」

「昨天……？」

昨天去打工前，良彥的確曾前往那座神社參拜過，但這兩件事有什麼關係？

黃金的雙眼捕捉住良彥。

「你向神明道了歉，對吧？說你當時不該許那種自私的願望。」

聽到這句耳熟的話語，良彥不禁瞪大眼睛。

自己當時的確說過這句話。迎接了祖父的一周年忌之後，隨著心情沉澱下來，他萌生一些想法。他希望神明救祖父一命的心沒有半點虛假，然而，在祖父還健健康康的時候，他沒能為祖父做任何事；直到快失去祖父時，又無法接受現實。他覺得當時求神，似乎是軟弱的自己逃避現實的一種手段。

為了尋找心靈支柱，為了尋求慰藉。

為了找個地方發洩只能乾焦急的情緒。

向神明祈求這些，或許是錯誤的。

世上沒有人能夠永遠活著。

「來參拜的人本來就不多，為自己祈求的願望感到後悔而跑來道歉的人更是微乎其微，更何況當初祈求的還是別人的幸福。」

良彥覺得莫名尷尬而撇開視線。一切都被說出來，讓他感到很難為情。

「你的這種態度獲得肯定。所以，雖然你只是代理差使，神明還是將『宣之言書』賜給你。如果是你，應該能夠幫助力量衰退的眾神。」

黃金用前腳指著良彥手上的「宣之言書」。

「如果沒有這件事，我也無法理解你為何能夠得到這本書。」

黃金似乎在諷刺良彥。

良彥也重新檢視「宣之言書」，微微嘆了口氣。這究竟是獎賞？還是麻煩呢？

良彥嘆了一口氣站起來。他現在已知道這本書究竟是做什麼用的，也知道它為何落到自己的手上。

「可是，我擔不起這種重責大任……」

良彥喃喃說道，走完剩餘的階梯，並望向一旁的四石社。

雖說只是代理的差使，但像他這種因為膝傷尚未痊癒而一直提不起勁去找工作，每天只是打電玩，吃飽睡、睡飽吃的人，高位大神到底有什麼期待？失去過往建立起來的一切，失去重要的親人，背叛周遭的信賴和鼓勵——對於這樣的良彥最感到無力及憤怒的，不是別人，正是良彥自己。

良彥打開手上的「宣之言書」，望著祖父曾代為辦事的幾個神名。

祖父與眾神共度的歲月就在其中，這是良彥不知道的歲月。

「爺爺為什麼要做這些事……？」

拖著年邁的身體四處奔走，鐵定不輕鬆，為何祖父要一直替神明辦事？良彥在腦海中描繪溫和微笑的祖父。和祖父同住之前，良彥每次去祖父家玩，都受到熱烈的歡迎；和父母吵架不敢回家的時候，祖父總是摸黑前來尋找良彥，帶著他回家，煮熱騰騰的烏龍麵給他吃。去公園拔草、打掃垃圾場……祖父總是覺得大家開心就好，獨自攬下這些工作，因而祖母時常氣得罵他是個濫好人。

「你想知道你祖父為什麼當差使的話，可以繼承他的志業看看。」

黃金搖動蓬鬆的尾巴，黃綠色的眼睛轉向良彥。

「和你祖父做同樣的事，或許就會明白。」

「和爺爺做同樣的事……」

搞不好自己被黃金的花言巧語給騙了——良彥雖然也有這種念頭，但他察覺到了：在不期然的狀態下得到祖父留下的「宣之言書」的人是自己，能夠繼承祖父志業的人也是自己。

良彥感到迷惘，緊咬嘴唇。

祖父病倒時，他以為自己能做的事只有每天去大天宮祈禱。

但是相隔一段時日之後，卻出現只有自己才能做的事——繼承祖父的志業。

「……我順便問一下，只是順便問問而已喔！」

仍在遲疑的良彥回頭詢問黃金。

「……祢想交代什麼差事？」

良彥先是聲明過後才如此詢問。聞言，黃金的雙眼立刻閃閃發光地仰望良彥。

「你肯接下這份工作嗎？」

「這個嘛……我只是先問問看……」

畢竟只是代理，良彥實在很難坦然允諾。然而，黃金無視他的猶豫，咄咄逼人地質問：

「你到底接或不接？」

「好、好啦！我接，我接就是了！做到找到接手的人就行了吧？」

雖然只是暫代，但在這段過渡期間內承接祖父的志業，或許是上天為失去夢想和工作的良彥指引的一條明路。

「好吧。」

聽了良彥的回答，黃金正襟危坐。

「我要交代的差事沒什麼大不了的。」

如此聲明過後，黃金才說道：

「剛才我也說過，如今祭神的人變少了，因此眾神逐漸失去力量。我希望你能設法讓日本的凡人重新重視祭神，並對神明抱持畏懼及尊敬之心。這就是我要交代的差事。」

初秋的風吹過兩人之間。

「……呃，我覺得這件差事我辦不到耶……」

良彥撇開視線，抓了抓腦袋。聞言，黃金瞪大眼睛。

「什、什麼！你要拒絕嗎？」

「我又不是政治家，也沒有足以影響日本全體國民的魅力，更不知道該怎麼改變別人的觀念，讓他們重新重視祭神。」

聽完良彥的解釋，黃金低吼幾聲。可是，沒辦法啊！良彥如此暗想。先前已經說過很多次，他是個夢想破滅、經歷繭居生活、現在正在找工作的傷患，又不是魔法少女，能做的事極為有限。

「那、那麼，只要畿內（註17）的人就好。若是居住於這塊古老土地上的人有所改變，應該能夠影響……」

「啊，辦不到、辦不到。我說過了，這種事我沒辦法。有沒有不必牽扯到其他人，只有祢和我就能解決的差事？」

良彥打斷黃金的話，在四石社的石階坐下來。見到他這種態度，黃金啞口無言。

「注意你說話的態度！對我這個神明尊敬一點！」

註17：古代日本首都及其臨近地區，約為今日大阪、奈良、京都一帶。

「是～遵命、遵命……這樣就行了嗎？」

「等、等一下！剛才那不是我要你辦的差事！」

黃金連忙制止低個頭就想了事的良彥。

良彥依然坐在石階上，扭轉身體望向神社。現在重新一看，這果然是個不像本宮那樣受到重視的小神社。黃金說祂長年隱居在這裡，不知究竟隱居了多久？換成是良彥，如果一直關在這麼狹窄的地方，久久才能外出一次，一定有許多想做的事。

「祢一直待在這裡，對吧？祢沒有什麼想做的事，或是想去的地方嗎？比如說……想吃什麼好東西之類的。」

說著，良彥往下一看，發現香油錢箱後方有一本雜誌。

黃金啼笑皆非地嘆一口氣。

「我可是神啊！對人間的食物沒興趣。」

「……可是香油錢箱後面有本京都美食導覽雜誌，上面有一堆肉趾印……」

尷尬的氣氛流動於兩人之間。

「那是觀光客忘記帶走的。」

黃金故作平靜地說道。良彥當著祂的面翻閱起雜誌，並在報導「來京都非吃不可的十大甜點」那一頁停下來。

「……都路里這一頁上頭超多肉趾印的耶！」

都路里是由有名的宇治茶老店辻利所經營的茶坊，販賣以高品質的宇治抹茶製成的白玉餡蜜及冰淇淋等甜點，其中最受歡迎的就是抹茶聖代。每逢假日，店門前總是大排長龍。

「祢想吃抹茶聖代啊……？」

「不、不是！那只是前腳不小心踩到而已，絕不是我想吃——」

黃金慌忙辯解，但放在良彥身邊的「宣之言書」突然發出淡淡的光芒，書頁自動翻開。只見用淡墨寫下的「方位神」三字，宛如用墨筆重新描寫過一般，變得烏黑鮮明。

「請、請等一下，這不是我真心交辦的差事啊！」

無視於慌忙靠過來的黃金，「宣之言書」上墨汁飽滿又美麗的「方位神」三字完成了。

「大神，我可不承認！難道祢是為了這種差事搬出我的名字來嗎？」

黃金忍不住用後腳站起來，仰望天空。

「請立刻撤回受理！大神！」

見狀，良彥也跟著仰望天空。

「咦？神明交辦的差事是採許可制的啊？」

他本來以為「宣之言書」上出現名字的神明可以隨意差遣人，原來並非如此。

「這本『宣之言書』是高位大神創造的，差使要受理哪件差事全憑大神取決……可是！」

黃金咬牙切齒，對天空怒目而視。然而，上了黑墨的那幾個字並沒有任何變化。

「……我是不知道高位大神在想什麼啦。」

良彥拿起「宣之言書」，確認上頭墨色變濃的文字。入木三分、強而有力的文字看起來歡欣鼓舞。

「我看祢還是死心吧……？」

四石社吹過了一陣與各人心思相異的風。

四

都路里的祇園總店位於東西向連結松尾大社與八坂神社的四條大道上。京都最大的鬧區是以四條河原町的交叉路口為中心形成，距離歷史悠久的茶坊和餐飲店林立的花見小路也很近，只要是來京都觀光的人，一定會走上一遭。

「讓您久等了，這是特選都路里聖代。」

由於時值平日的白天，良彥得以立即入店。他坐在最深處的靠窗座位，從店員手中接過他點的聖代。

「豈有此理……」

黃金坐在良彥對面的位子上嗚嗚叫著。祂大可以不來，卻一面抱怨一面跟來，看來祂果然對聖代有興趣。

良彥假裝在欣賞眼前的聖代，將臉湊近黃金，低聲說道：

「欸，都來到這裡了，祢別再抱怨啦！一個大男人獨自進這種店要很大的勇氣耶！」

店裡幾乎都是女性客人，雖然也有男性，但都是和女友一同前來的情侶檔，男人獨自來店的目前只有良彥一個人。

以白木為基底的桌椅、呈現幾何圖案的仿紙窗窗櫺，不愧是茶坊老店，裝潢相當高雅，和街上那些平易近人的咖啡館大不相同，反而教良彥坐立難安。

「祢不吃就算了，我自己吃。虧我還點了最貴的。」

「慢著，誰說我不吃的？」

黃金探出身子，用前腳拍打良彥拿起長柄湯匙的右手。

「這是你用寥寥無幾的財產買的，我不能浪費。」

說著，黃金靈巧地用前腳將裝著聖代的容器拉向自己。

「自古以來，獻給神明的神饌有很多種，而我們接收的是凡人寄託於這些供品之中的『心意』。換句話說，即使不直接放入口中，我們也能品嘗供品的滋味。不過，現在還是……」

「這樣啊？那我就不客氣了。」

黃金的話還沒說完，良彥便拿起湯匙，舀了一大匙聖代頂端的抹茶冰淇淋放入口中。

「誰叫你吃的～～～！」

「才一口而已，有什麼關係？錢是我出的耶。」

「你膽敢亂動獻給神的供品！」

「拜託，祢想想嘛。」

良彥一面注意四周，一面放低音量，安撫氣得鬍鬚直發抖的黃金。雖然黃金一激動，語氣就變得很暴躁，但祂一副毛茸茸的狐狸模樣，實在沒什麼魄力。

「祢只吃我寄託在這杯抹茶聖代裡的『心意』，代表聖代還是會留下來，對吧？我都花那麼多錢點餐了，沒吃完不是很浪費嗎？還是說神明就可以浪費食物？」

或許是超級現實主義者的朋友教導有方，良彥搬出一套大道理來，又將湯匙再度插進聖代裡，搶走裝飾用的糖漬栗子。黃金目瞪口呆地凝視著他，用前腳拍一下桌子。

「我沒說可以浪費！我正想好好放入口中品嘗！你卻擅自……」

「怎麼？說來說去，祢還是要吃啊？」

良彥用狐疑的眼神望著對面的狐狸。要吃就直說嘛。

只見黃金靈巧地用前腳迅速完成餐前的一拜一拍手，慌慌張張地一口咬向超出容器的聖代頂端，以免又被搶食。

「……唔！這、這真是太可口了！」

黃金豎起耳朵，瞪大黃綠色的眼睛，全身宛若電流竄過似地打顫。

「我活了這麼久，沒想到人間居然有如此美味的東西……」

「太好啦，差事完成了。」

「我、我說過這不是我要交辦的差事！」

「來，湯圓～」

良彥用湯匙從聖代中挖出湯圓，放進黃金口中。一旁偶然目睹的年輕男子，看見在半空中消失的湯圓，不由得猛眨眼睛。

「多麼圓滑的口感和甘甜的滋味……」

「這個是抹茶果凍。」

「哦哦哦！暗綠色的柔軟玻璃傳來了茶味……」

黃金每吃一口，看在旁人眼裡，聖代便像是忽然從良彥的湯匙中消失。若是聖代連續消失，或許周圍的客人會感到懷疑，所以良彥只好費心計算時機，適時地將聖代送入自己口中，希望他人只把自己當成偶爾會把湯匙遞向半空中的怪胎。

「良彥，多舀些澆了綠汁的部分給我！」

「汁……拜託祢說糖漿行不行啊？害我的食欲都沒了。」

「那個栗子是我的！你剛才已經吃過了吧！」

「等等，知道了啦！別亂動。」

入口的甜點甘甜可口，滿嘴奶油的狐狸在眼前興奮地陳述感想。良彥發現看著這幅光景的自己，露出了許久不見的平和笑容。

那天晚上，良彥躺在床上看「宣言之書」，臉上卻一直感受到毛茸茸的觸感，便坐起身子。柔軟的毛皮摸起來雖然很舒服，但老往臉上招呼，那可就很煩了。

「幹嘛跟來我家啊……」

黃金占據了半張床，在良彥身旁呼呼大睡。不知道祂是不是在作夢，只見祂的尾巴和四肢不時抖動，每當尾巴一動，便會碰到良彥的臉。

「……除非你……重新替我辦好差事……不然……我不回去……」

睡前一再重複的話語如今化為夢囈，在黃金口中咕噥。交辦的差事是吃抹茶聖代，而且還是和良彥共享，似乎讓祂很不服氣。「祢明明就吃得很開心，現在還講這種話？」直到剛才，良彥都還和祂為此爭論不休。

「真囉唆……」

黃金連說夢話都要說這些，令良彥皺起眉頭。

他已經辦完差事，本來以為「宣之言書」上頭會像祖父收集的神名一樣浮現朱印，誰知完全沒這種跡象。這可是代表差事還沒辦完？

「……不，或許……」

良彥突然靈光一閃，悄悄溜下床、走下樓，從擺放電話的桌子抽屜裡拿出印泥。或許神名上的朱印不是自動浮現的，而是差使辦完差事以後，神明蓋的簽收印。若是如此，要讓仍有微詞的黃金蓋印並不容易。

良彥看著明明是隻狐狸卻鼾聲大作的黃金，露出得意的竊笑。讓黃金吃了抹茶聖代是事實，他問心無愧。

隔天早上，看見自己的神名上多了個自己完全沒印象的鮮紅色印記，某尊狐神大為憤慨。

「誰叫你擅自蓋章的～～～！」

右前腳的肉趾染成紅色的黃金，毫不容情地將良彥從被窩中揪出來。

要點

神明講座 1

神明的單位是什麼？

神明不是用一個、兩個計算，而是用一柱、兩柱計算。至於為何採用這種計量單位，有各種說法。其中一種說法是源於古代日本立柱讓神明降駕的習慣。現在在諏訪大社的御柱祭中，仍可看見舉辦神事時立柱的習俗。此外，在伊勢神宮的正殿地板下，也安放了在淨闇之中採伐的心御柱，可說是最重要且神聖的依代（註１）。還有另一種說法是，神明通常居住在歷史悠久的樹上，所以才以「柱」來計算。

順道一提，
護身符和符咒是用一體、兩體，
神轎是用一基、兩基來計算。（註２）

註１：神明降駕依附的對象物。
註２：以上皆為日文使用的計量單位，小說內文若有提及，仍以中文慣用的計量單位翻譯。

二尊　名言低潮期

一

「我記得葛城這塊土地，是神沼河耳命建造高岡宮的地方。」

在初次搭乘的電車上，活像幼兒一樣緊盯著窗外的黃金，好不容易稍微冷靜下來後，開口說道。

「此外，那也是葛城氏的根據地。我本來以為這種事不用我說，你也知道……」

「那是什麼？我沒聽過。」

在前往奈良的近鐵電車中，良彥把愛用的郵差包抱在膝蓋上，不著痕跡地掩口反問。幸好平日的車內比較空，沒人注意他們，坐在座位上的乘客不是低頭在滑手機，就是投身於舒適的晃動之中閉目養神。

「什麼！現在人間連這種事也不教嗎？你們上學堂究竟在學些什麼！」

「學什麼……這個嘛……埴輪（註18）之類的？」

良彥學日本史，已經是五年多前還是高中生時的事。更何況高中三年級他選修的是世界史，所以對日本歷史的記憶所剩不多。

「現在當真是個愚昧的時代，生在日本的人居然不知道本國的歷史……」

「話說回來，祢是出自陰陽道的神明吧？陰陽道明明是從中國傳來的，祢幹嘛這麼偏袒日本啊？」

良彥投以狐疑的視線。長年居住在這裡，就會染上這塊土地的色彩嗎？

黃金嘆了口氣，一雙黃綠色的眼睛轉向良彥。

「陰陽道或神道都是凡人胡亂區分的。我本來就是日本自古即有的神明，是凡人仿效陰陽道，自行替我取了名字。無論是神道或陰陽道，都不影響我過去是在日本倍受崇敬的神明這個事實。」

「是、是這樣嗎……？」

「就是這樣。就連神社的祭神名，都會因為凡人的一己之私或神格相近等理由而改變。」

黃金若無其事地說道，並以興味盎然的視線望向良彥。

註18：日本古墳時代特有的素燒陶器。

「話說回來，我倒是沒料到對這方面如此生疏的你會說出『陰陽道』這三個字。」

聽了這句話，良彥得意洋洋地挺起胸膛。

「當然啊！我也是有查過的。」

其實他只是上維基百科確認過孝太郎告知的知識而已。

然而，聽他這麼說，黃金似乎頗感欣慰，一臉滿意地豎起鬍鬚。

「葛城這塊土地和陰陽道也有關聯。葛城氏在這塊土地上繁榮起來，賀茂氏也一樣。你應該知道，賀茂氏便是傑出陰陽師輩出的一族。這個地區本來就是神氣醞釀之地……」

「哇，不知道要講到什麼時候……」

面對黃金滔滔不絕的講古，感到厭煩的良彥索性左耳進、右耳出。別說他根本不知道賀茂氏是什麼來頭，就連那是什麼時代的故事都不曉得。

良彥一面嘆氣，一面將視線轉向車窗外，只見即將收成的稻穗在窗外垂著頭，充滿鄉村氣息的田園風景一路流動。

十月上旬。這陣子天氣不太穩定，那一天也是一大早就開始斷斷續續地下雨，過了傍晚五點，仍然沒有停止的跡象。這大概就是秋雨吧，或許等鋒面過後，澄澈的秋日天空便會露臉也說不定。

良彥拿陰雨綿綿的天氣當藉口，沒打工的日子完全窩在家裡不出門。他一面上網瀏覽或玩線上遊戲，一面漫不經心地看著在螢幕上流動的他人「推文」。他在免費的社群網站註冊，藉以和大學時代的朋友維持聯繫，但辭去工作以後，已鮮少主動發言。

良彥和埋怨上司或拿工作上的事自嘲、自虐的昔日同學們不同，每天能夠分享的事只有起床和吃飯。

今天是星期日，螢幕上排列著他人看了什麼電影或去哪裡玩等生活充實的訊息，但是對於良彥而言，今天、昨天和前天並沒有什麼不同。

「你還是一樣，老是窩在家裡。」

一到這個時期，大主神社的星期六、日都排滿婚禮，今天也有三組新人舉辦婚禮。順利辦完婚禮的孝太郎帶著撤下的龍蝦和鯛魚等供品，前來良彥家。

「今天不用打工啊？」

「今天放假。」

「別人正在奮力祈求他人幸福的時候，你居然窩在這裡掛網？真好命。」

正因為交情深厚，孝太郎毫不客氣地埋怨，並裝模作樣地嘆一口氣。雖然直接從家裡通勤並非完全不可行，但孝太郎以上班較為方便為由，獨自在附近租屋；他常因為自己一個人吃不完，而帶著撤下的食物類供品拜訪萩原家。尤其是每逢舉辦婚禮的日子，會有備用及沒吃完的婚宴料理，菜色就會變得像今天這麼豐盛。

「你有在找工作嗎？」

良彥被踩到痛處，撇開視線回答：

「線上遊戲的等級是有變高啦。」

「……如果ＨＰ增加就能找到工作，那可樂得輕鬆。」

「你大學的時候還不是常常在玩！」

「現在沒那個閒功夫了。」

孝太郎疲憊地嘆一口氣，在床緣坐下來。床鋪的另一側，則是依然賴在良彥房裡不回神社的黃金。

「這個男人就是那個權禰宜啊？」

黃金興味盎然地看著孝太郎如此詢問，同時，看不見黃金的孝太郎也開口說道：

「對了，你今天上社群網站看過了嗎？」

「他和你是朋友吧？」

「遠藤和岸本一直在吐苦水。上班族就是這樣。」

「打從他剛開始奉職，我就一直留意他。」

「等、等一下。」

黃金和孝太郎同時說話，良彥慌忙喊停。說來遺憾，良彥的耳朵性能沒高到可以同時分辨兩人話語的地步。

「幹嘛？」

孝太郎歪頭反問。

「不，我覺得……耳朵聽不太清楚。」

良彥笑著打哈哈，對黃金投以不悅的視線。祂明明知道狀況，不能體恤一下嗎？

「每天只是在家閒混，身體居然還會出狀況，你不要緊吧？是運動不足嗎？」

伸直了腳坐著的孝太郎嘆一口氣，慢慢站起來。就算想運動也不能運動啊——良彥及時將這個自虐般的答案吞進肚子裡。

「電腦可以借我用一下嗎？」

「請。」

為了將電腦讓給孝太郎使用，良彥把自己開啟的視窗一一關閉，這才發現求職網站的頁面藏在遊戲畫面背後，並未關閉。這麼一提，剛才自己為了圖個心安，曾稍微瀏覽過。

「怎麼？你有在找工作嘛。」

耳聰目明的孝太郎接過手，坐在椅子上操作滑鼠。

「他好像有心找工作，但是每次看著那個叫電腦的玩意兒，嘀咕幾句以後，下一瞬間又開始玩那個叫線上遊戲的玩意兒。」

黃金明知道孝太郎聽不見，卻一面嘆氣一面說道。

「你這個權禰宜也好好說說他吧，要多有一點危機感啊。」

「每天都光著肚子躺在床上，毫無危機感的狐狸有資格說我嗎……」

良彥瞥了黃金一眼，喃喃說道。孝太郎訝異地回過頭來。

「狐狸？」

「啊，不，沒什麼。」

良彥慌忙搖頭，接著又掩飾似地將視線轉向電腦畫面。

「我是有在找，可是一直找不到好工作……」

良彥也沒打算永遠當個清潔工。雖然他心想自己才二十四歲，多得是重新起步的方法，但是不時發疼的膝蓋讓他無法全心投入。若是久站的店員工作和四處奔波的業務工作都得敬而遠之的話，他可以找的業種和職種便相當有限。良彥只會打棒球，英檢只有三級程度，也不擅長操作文書軟體。

「要不要我收留你啊？」

孝太郎興味盎然地看著徵才廣告。

透過父母的關係，在大學畢業前便已經確定要去哪間神社奉職的孝太郎沒找過工作，或許對他而言，連徵才廣告都是很新奇的東西。

「你要介紹的鐵定是和神職一樣累，薪水卻很少的工作吧？」

聽了良彥的話語，孝太郎露出奸詐的笑容。

神社的工作大多只有週休一天，基本上沒有長假，也沒有固定的下班時間；聽說七五三（註19）時期、婚禮旺季或正月，更是連休息的時間都沒有。一旦成為侍奉神明的人，工作和私

註19：在男孩三歲和五歲、女孩三歲和七歲那一年的十一月十五日舉辦的慶祝活動，小孩會盛裝打扮，前往神社參拜。

生活的界線就容易變得模糊不清。

「那你想做什麼工作？」

「咦？」

被孝太郎這麼一問，良彥錯愕地眨了眨眼。

「我知道不能打棒球對你而言是個重大的打擊，也知道你的膝蓋還會痛，可是不賺錢就沒辦法生活，對吧？現在你還可以靠著打工度日，可是總不能到了三、四十歲還在打工吧？現在只要有工作，你就該嘗試看看。」

孝太郎一面看著電腦畫面，一面如此說道。聞言，良彥對他喃喃說：

「……我知道啦！」

用不著旁人說，良彥自己最清楚；但即使如此，他仍然無法踏出第一步，所以他才煩惱不已啊。

「你叫我嘗試看看，可是我也有想做跟不想做的事。」

「你想做什麼事？」

孝太郎回頭問道，良彥忍不住撇開視線。

「……這個嘛……我還在考慮……」

良彥和老家是神社、本人也從高中時期就決定繼承家業的孝太郎不同，連未來的藍圖都還沒畫好。

其實，若有人問良彥長年從事的棒球運動，是否就是他真正想做的事，他也答不上來。或許只是因為他在棒球上的表現比其他方面好，良彥才繼續打棒球。

「唉！良彥，你就是這樣。」

孝太郎嘆了口氣，再度轉向電腦。

「你老是講這種話，日子一天天過，小心嘴上說著要尋找自我卻變成迷失自我，等哪天回過神來，年齡已經大到很難重新找工作的地步，那可就糟了。」

孝太郎的話語毫不容情地刺向良彥毫無防備的心靈。

「你該多了解自己一點。」

右膝在發疼。

良彥用力咬緊臼齒，皺起眉頭。

他和孝太郎自高中時代就認識了。打從當時便擁有豁達思想的孝太郎，可說是良彥至今認識的人之中，最值得信賴的一個。因此，雖然良彥辭去工作之後，幾乎斷絕了和所有朋友之間的往來，但仍然和孝太郎私下保持聯絡，兩人也經常見面。良彥以為他們雙方都很了解彼此的長處及短處。

可是——

「……不懂。」

宛若體內有一股力量在推動一般，良彥將自動湧上喉嚨的話語化為聲音。如果可以，他也想快點找到一份安定的工作，也想和孝太郎一樣邂逅打從心底想從事的工作；但就是因為做不到，現在的他才會進退兩難、裹足不前。他比任何人都覺得自己窩囊。

不能繼續打棒球、膝蓋仍在發疼的是他。

孝太郎根本沒嘗過同樣的痛苦。

良彥知道說這種話有多麼可悲，但依然像吐出熱騰騰的鐵塊一般說了出口。

「……你根本不懂！」

「話說回來，我有點意外。」

黃金坐在每站都停的電車上搖搖晃晃，喃喃說道。

「沒想到你肯去。」

良彥將視線從緩慢行進的窗外景色移回來，對身旁的狐狸聳了聳肩。

「反正我很閒。」

在宣之言書浮現黃金的神名過後約一個月的昨晚，良彥所說的話讓他和孝太郎之間的氣氛變得很僵。孝太郎回去之後，他為了消除這種感覺狂玩線上遊戲，此時，擱在桌上的宣之言書散發出不可思議的光芒，並再度刻印了神名。

一言主大神。

書上浮現哪個神名，似乎是取決於創造此書的高位大神。是按照神明們感到困擾的順序決定？還是依大神的喜好？這點連黃金也不知道。不過，宣之言書出現名字，便代表高位大神判斷這尊神明需要差使幫祂辦事，所以差使必須立即動身前往，聽候吩咐。

「不過，雖然是代理，堂堂差使居然對於神明和神社如此無知……」

黃金在良彥身旁百般感嘆地搖頭。

「幸虧有我這個方位神陪著，你該心懷感激！」

沒聽過一言主大神這個神明的良彥不知該去哪裡，便使用電腦搜尋，但他不是被遊戲分散注意力，就是看著毫無關係的影片網站看得出神。黃金受不了他這種散漫的態度，才怒氣沖沖地提議由祂帶路。

「是、是，我很感謝黃金大老爺。」

「別忘記重辦我的差事！別想用抹茶聖代打發我！」

「知道啦、知道啦！」

良彥一面留意周圍乘客的耳目，一面把身子朝前探過來的黃金推回去。

「……話說回來，還真遠耶。」

良彥用智慧型手機確認時間。現在的時間是下午兩點二十分。黃金指示的目的地是奈良縣的御所站，從距離自家最近的車站出發，得搭兩個多小時的電車才能抵達。想當然耳，車資不便宜，所以良彥雖然出了家門，但來到車站以後，又忍不住遲疑；誰知頭一次搭電車的黃金大為興奮，竟二話不說就穿過剪票口，良彥只得隨後追上。對於靠打工維生，還得提供少許生活費給家裡的良彥而言，這是一大筆開銷。

「這麼點路程就嫌遠，你也未免太沒用了吧？本來你該靠自己的雙腳前往，是我讓步讓你搭車，你該感謝了。」

黃金嘆了口氣。祂是掌管方位的神，對於目的地及路程瞭若指掌；換句話說，祂是個高性能的狐狸型導航器。不過，黃金心目中最快的交通工具依然停留在馬匹，所以要搭什麼電車是良彥自己慢慢查出來的。

「什麼讓步？祢自己也想搭吧？」

「少、少胡說了！我對電車沒有半點興趣！」

黃金垂著耳朵說道。

良彥最近才慢慢明白，長年隱居於神社的黃金雖然具備現代文明的相關知識，但幾乎沒有親身體驗過。比如祂雖然知道電車是什麼，卻沒搭乘過；祂知道洗衣機、冰箱、紅綠燈和汽車長什麼模樣，卻沒實際使用過或近距離仔細觀看過。因此，祂藉由陪同良彥四處奔走的名目，得以接觸各式各樣的現代文明，其實是樂在其中。

「真羨慕祢，每天快快樂樂的。」

良彥目不轉睛地打量著身旁的狐狸。這麼一提，今天早上他發現黃金不在房間裡，原來是跑到洗衣機前，盯著漩渦狀的水流看。

「別、別誤會！我可不是自願跟著你四處跑！」

「是、是。」

「『是、是』是什麼意思！答話答一次就好！」

「是～」

電車載著低聲爭吵的兩人，暢行無阻地行駛著。

二

一言主大神似乎是在《古事記》下卷登場的神明。據黃金所言，由於祂處斬了許多人，因此被稱為「大惡天皇」，是連當時的第二十一代雄略天皇都得向祂下跪的名神（註20）。而一言主坐鎮的神社，便位於大和葛城山的東南麓。

順利抵達御所站的良彥快步前往站前的巴士站，搭上了巡行各公共設施的巴士。

從智慧型手機叫出的地圖顯示，電車車站離神社還有一段相當的距離。連電車車資都捨不得掏出來的良彥，當然沒有搭乘計程車前往的勇氣和財力，既然如此，他更不能錯過一天只有三班的巴士。

「一言主的神社位於東南方，以人類的腳程，大約是五十分鐘的路程。如果你沒有盤纏，何不用走的？」

黃金跟著良彥搭上巴士，不可思議地說道。

「我才不想走五十分鐘的路咧！而且我的膝蓋會痛。」

「真沒用，又不是要你花好幾天翻山越嶺。」

「落伍的狐狸可不可以閉上嘴巴？」

「你罵神明是落伍的狐狸？」

「本來就是，祢剛才還不相信電車跑得比馬快。」

就在良彥和黃金爭論的期間，依序駛經醫院、老人福利中心及市公所的巴士已經將近客滿；放眼望去，乘客大多是老年人，車內也有股藥味。不久後，隨著鈴聲響起，車門關上，巴士又開始緩緩行駛。

巴士穿過住宅區，爬上平緩的坡道，黃金的眼睛仍為了車窗外的景色而閃閃發亮。祂把肉趾貼在玻璃窗上，臉也湊得近到黑鼻子幾乎快撞上窗戶的地步。祂似乎覺得會自行流動的風景很新奇。

在途中的巴士站，又有幾個老年人陸續上車，他們似乎很習慣與人併座，隨意找個空位便坐下。良彥望著這幅光景和恬靜的鄉間風光，突然回過神來，喃喃說道：

註20：意指由來古老、來歷顯赫且又靈驗的神明。

「我在幹嘛啊……」

現在是待在這種鄉間，融入老人日常景色中的時候嗎？

良彥沒跟上其他順利出社會的同學們，現實生活更是擱下他步步前進。昨晚他用來攻擊孝太郎的言語，其實是自己產生的毒素。自請離職已經過了一年，至今他仍走不出這個陰影，全是因為自己太軟弱。

良彥下意識地用手觸摸右膝。

孝太郎是關心自己才說那番話，良彥卻以拒絕的話語回應他，這件事讓良彥一直耿耿於懷。說什麼「你根本不懂」，畫下兩人間的分界線，其實只是為了保護自己。孝太郎可說是唯一理解他的人，為什麼自己卻對他說出那種話？良彥覺得似乎有另一個自己在嫉妒人生一帆風順的孝太郎，感覺很不舒服。不，這樣的自己或許真的存在——說來令良彥反感到作嘔的地步——把一切歸咎於右膝，沉在溫熱的沼澤底、只會羨慕天空的自己，或許真的存在。

「爛透了……」

良彥沒出聲，只動著嘴唇。

或許孝太郎並沒有良彥所想的那麼介意，但即使如此，在一時衝動下說出了不該說的話，讓良彥感到十分窩囊。其實他有很多機會道歉，卻因為無謂的自尊心作祟而無法啟齒，錯失的話語直到孝太郎離開家門的那一刻，仍無法對他的背影說出口。平時總是未經大腦就出口的話語突然梗在喉嚨，令良彥喘不過氣來。

「會痛嗎？」

身旁突然傳來詢問聲，良彥愣了一下，回頭觀看，發現坐在鄰座的七十來歲女性，一臉擔心地看著他用手摀住的右膝。

「啊，不，雖然膝蓋有時候會痛，不過不要緊的。只是我不知不覺間就養成用手護著膝蓋的習慣……」

觸摸膝蓋的手似乎不自覺地使上力。良彥慌忙搖頭，老婦人露出安心的微笑。

「我看你臉色很難看，還以為你痛得很厲害。我最近膝蓋也常常發疼。你是因為軟骨的毛病嗎？」

「不，我是半月板的問題。」

良彥苦笑。雖然同樣是膝蓋，但這和軟骨磨損造成的退化性關節炎不太一樣。

「哦，這樣啊。也對，你還年輕嘛！我真是的，不小心就把你當成和我一樣。」

老婦人聳了聳肩，從包包中拿出一顆梅子口味的喉糖遞給良彥。

「把你拿來和我這種老太婆相比，你可別生氣啊。」

「怎麼會呢？沒關係，我不在意的。」

良彥連忙婉拒，老婦人卻把喉糖硬塞給他，他只能困惑地道謝。仔細想想，兩人都一樣是膝蓋發疼，雖然原因不同，嘗到的痛苦卻是一樣的；即使對方弄錯了，他也毫不在意。

「我從以前就是這樣，明明只要稍微想想就知道，卻老是脫口而出。我還曾經因為說了不該說的話，和媳婦吵架呢。」

老婦人打趣地說道，良彥露出苦笑。

「……啊，不過，說錯話的經驗我也有。」

良彥一面隨著巴士晃動，一面望向窗外。

「每個人都會犯這種錯……」

見了良彥的模樣，老婦人的嘴角帶著笑意，點了點頭，又拿出另一顆喉糖放入口中。

「是啊，這種錯誤每個人都會犯上幾次。像我啊，犯錯的次數一隻手根本不夠數。」

老婦人若無其事地笑著繼續說道：

「不過，我還是喜歡說話。和別人說話，我整個人精神都來了。雖然俗話說『禍從口出』，但是有時候，話語也會給我們力量，對吧？」

良彥重新打量身旁的女性。老婦人有一頭白色短髮，身穿藏青色羊毛衫，滿布皺紋的臉上露出和善的笑容。

「有時候，別人的一句話能夠拯救或是點醒我們。說出口的話無法收回來，不過我們可以真誠地再說一次。沉著臉一聲不吭，反而是種損失。」

聽了這番話，良彥也自然而然地露出笑容。可以真誠地再說一次——或許老婦人說得沒錯。對自己而言，應該再說一次的話，就是向孝太郎道歉吧。

「我要開動了。」

良彥對老婦人說道，拆開包裝紙，將喉糖放到舌頭上。梅子適中的酸味和甜味在口中擴散開來，不知何故，這讓良彥有種獲得救贖的感覺。

「好吃吧？平時包包裡沒放這種喉糖，我就渾身不對勁，所以總是買了一堆來屯著。之前，我兒子……」

老婦人打開話匣子，良彥一面聽她說話，一面投身於巴士的震動中。他早就料到會變成這樣，反正陪她說說話應該無妨。面向窗外的黃金左耳有時會往後仰，似乎在嫌吵，但良彥決定裝作沒發現。

「我還在想，山裡的精靈怎麼在騷動？原來是有稀客光臨。」

和老婦人道別之後，良彥下了巴士，在一條立有「葛城道」路牌的細長道路上行走不久後，便看見石造的第一鳥居；繼續前進，則有代表神域與人世分界的下乘石（註21）攔路。更往前是燈籠並排兩側的石版路，石版路前端有道長長的石階，爬上石階後，就是供奉一言主的神社拜殿。

「瞧那美麗的金色身影，可是京都的方位神？帶著凡人大駕光臨，不知有何指教？」

在境內迎接良彥等人的，是穿著黃色打掛的年輕女性。她有一頭長達地面的烏黑秀髮，白皙的肌膚有種如夢似幻的感覺，面露祥和微笑的模樣看來像二十幾歲，美得令良彥望而出神。良彥本來以為她是真人，但仔細想想，誰會做這種平安時代的打扮在外走動？事實上，剛才擦身而過的香客也完全沒瞧她半眼；換句話說，其他人看不見她的身影。這麼說來，這位女性就是一言主大神囉？

「這個人是獲高位大神賜予『宣之言書』的代理差使。我是前一個交辦差事的神明，但是對於差事的辦理狀況不太滿意，所以才和他一起行動。」

良彥不悅地俯視瞥著自己的黃金。他很感謝黃金為自己帶路，可是這隻狐狸明明是神明，怎麼這麼愛記仇啊？

「宣之言書？好懷念的名字啊。上一次我交辦差事，應該是在凡人開始解髮的時候。那條連著脖子的緒帶，的確是差使的證明。」

女性一臉懷念地說道，又重新轉向良彥和黃金。

「失禮了，我是侍奉一言主大神的眷屬，名叫阿杏。」

「咦？眷屬？」

良彥開口反問深深垂下頭來的女性。幸好平常日境內的香客極少，授予所的窗口也不見神職人員的身影。良彥原本還以為這位女子是神明呢。

「是的，大約一千兩百年前開始侍奉一言主大神。那就是我的原形。」

說著，阿杏指向某處。只見一棵巨大的銀杏樹矗立於竹牆之中，宛若一隻巨大的手伸向空中；樹幹上圍著注連繩（註22），擴散而出的枝椏比路邊的行道樹樹幹還粗。為了避免它因為本身的重量而傾倒，有根像梯子一樣堅固的圓木支撐著它的側邊。

註21：區分神域之石，有「在此之後便是聖域，不論是身分多麼高貴的人都要下馬步行參拜」之意。

註22：神道教中的祭具，為使用稻草編成的繩索，具有隔絕神域與人世，以及辟邪之意。

「原形……？」

良彥啞然無語地仰望那棵大樹。這不就是所謂的御神木嗎？

「銀杏的精靈啊？」

黃金仰望著綠葉搖曳的銀杏，瞇起眼睛。再過一個月，這些葉子應該就會完全變黃吧。

「是。雖然力有不逮，幸蒙一言主大神賞識。」

良彥一臉驚訝，交互打量著亭亭玉立的阿杏和御神木。他好不容易適應會說話的狐狸，沒想到這回又遇上樹精。良彥短短地吁了口氣，讓自己冷靜下來，突然發現竹牆旁有個介紹銀杏的立牌，上頭記載著樹齡以及成為御神木的由來。

「大家通常叫我黃金，這個凡人是良彥。」

「啊，我、我叫萩原良彥。」

正當良彥愣愣地望著立牌時，黃金介紹了他，他連忙低頭行禮。

「我們來這裡不為別的，是因為宣之言書上頭浮現一言主的名字。既然高位大神下令了，祂應該是有什麼困擾……」

說到這裡，黃金猛然省悟過來，閉上嘴巴瞪著良彥。

「為什麼我得替你說明！宣之言書選擇的差使是你吧？你不會自己說明啊！」

「是祢自己要說明的，居然反過來怪到我頭上……」

「誰叫你拖拖拉拉的！你真的知道自己是代理差使嗎？」

良彥被黃金用前腳連打好幾下，這才不情不願地望向阿杏。或許是因為從小參加的都是只有男人的社團活動，他不怎麼擅長和剛認識的女性說話；更何況阿杏美貌非常，更讓他的緊張感水漲船高。如果對方維持樹木的模樣，他或許還比較好說話。

「呃，就像祂說的一樣，不知道祢們是不是有什麼困擾……」

如果是打掃境內之類的差事，那就萬萬歲了。

然而，阿杏一反良彥的期望，用衣袖掩住泫然欲泣的臉龐。

「……天啊！原來一切都看在高位大神的眼裡……」

有種麻煩的氣息。

良彥閉上眼睛逃避現實。仔細一想，黃金一開始交代的差事是讓日本人重新重視祭神，並對神懷抱敬畏之心。對於良彥這個普通人而言，這根本是不可能的任務。現在對方要交代的差事該不會比這個更難吧？

「……聽、聽凡人許願的神明就是這種心境嗎？」

良彥感受到一股莫名的悸動，因而摀住胸口。就算是受人敬拜的神明，每天都得面對這種事也會受不了吧。

「其實，有件事已經苦惱我許久，但光憑我的力量，實在無能為力。我想盡了辦法，卻只能痛心泣血……」

聽了阿杏的話語，良彥暗自倒抽一口氣。連侍奉一言主的眷屬都束手無策的事，自己真能解決嗎？

阿杏緩緩牽起良彥的手，出奇冰冷的溫度令良彥忍不住打了個顫。

「良彥公子，請救救我的主人一言主。」

瞬間，一陣光芒從良彥背上的郵差包中洩出。

「咦？該不會這就是最後的答案吧……？」

良彥忍不住瞥了背上的郵差包一眼。黃金那時候也一樣，他受理差事後，宣之言書便發出同樣的光芒。良彥連忙取出一看，果不其然，原先用淡墨寫下的「一言主大神」字樣，正逐漸變成濃濃的黑色。

「話說回來……拯救神明？」

阿杏的態度近乎懇求，令良彥感到困惑，不禁望向黃金。求救不是人類的專利嗎？

「……看來似乎有什麼隱情？」

黃金搖著尾巴問道，阿杏輕輕用衣袖擦拭奪眶而出的淚水，延請兩人進入拜殿。

良彥尾隨在黃金身後。進入平時只從遠處眺望的場所，令他興味盎然。就連時常報到的大主神社，良彥都沒踏入過香油錢箱後方一步。

良彥提著脫下的鞋子，走上因為長年風吹雨打而泛黑的階梯。此時，正好有對看似夫婦的中年香客走上境內，但良彥明明在他們的視野之中，他們卻視若無睹，依然有說有笑。

「拜殿內側有我設下的結界，因此包含良彥公子在內的我們，其他凡人都看不見。」

阿杏似乎察覺到良彥心中的疑惑，如此解釋。

「原來有這種機關啊……」

良彥不禁停下腳步，環顧四周。他發現拜殿和境內的分界處，隱約有道彩虹色的扭曲空氣層，這就是所謂的結界嗎？

「話說回來，即使在葛城，現代的凡人也是為了私利私慾而許願嗎？」

剛才那對夫婦來到香油錢箱前，拿出零錢，笑著說要祈求神明讓他們中頭彩。見狀，黃金嘆了口短短的氣。

「凡人必須鄭重祭神，神明才有神威，但是他們卻投些零錢，隨便拜上幾拜就要許願，真不知道他們怎麼會以為這樣願望就能實現？」

面對依然義正詞嚴的黃金，良彥五味雜陳地抓了抓腦袋。

「可是，神明不就是在幫凡人實現願望的嗎？」

良彥說出了長久以來的單純疑問。只要去神社，任誰都會許一、兩個願，根本沒人跟他說過這是種厚臉皮的行為。

聽了良彥的話，阿杏一面苦笑一面回頭。

「天津神、國津神、眷屬、精靈……種類雖然各有不同，不過基本上，神明只管豐收或繁榮等大規模的人類祈願，幾乎不干涉考試或戀愛等個人的心願。打個比方，如果讓前來參拜的考生全部上榜，不就整個亂了套？神明可以助人一臂之力，但是凡人自己不努力，當然無法實現願望。」

「啊……這麼一說，我好像懂了……」

的確，如果求神就能實現所有願望，人類就不會努力精進了。

「只不過，對於自古以來就和這塊土地息息相關的神明而言，凡人像自己的孩子一樣可愛。孩子討零用錢，怎麼忍心不給呢？」

阿杏面露苦笑說道。

「從前，在還有許多凡人抱著敬畏之心奉祀神明的時代，一言主大神常透過神諭替凡人指點迷津，實現他們的善願。因為這個緣故，現在這一帶的人都稱呼祂為『一言公』，說這個神社能夠替人們實現一個心願。」

阿杏一面提醒良彥注意腳下，一面在拜殿中前進。

「凡人是很軟弱的。現在這個世道，確實有許多自私自利的祈願，但是一言主大神認為，讓凡人來這裡宣洩一下情感，無傷大雅。」

兩對座地燈微微照耀昏暗的拜殿。正面是供奉水、米的獻饌台，獻饌台彼端則是木框玻璃窗，透過窗戶可以看見外頭的建築物。沒想到拜殿不怎麼深。

「……那麼，一言主大神在哪裡？」

放眼望去，這裡雖然氣氛莊嚴，卻不像是有神明坐鎮。畢竟從香油錢箱彼端就可以窺見拜殿的全貌，良彥只看見串了許多白色細和紙、看起來像撢子的東西和金色閃電狀的裝飾品，並沒看見神明的身影。

「這裡是拜殿，換句話說，是膜拜神明的地方，神明當然不在這裡。」

黃金仰望良彥，表情像在問：「你連這個都不知道？」

「那祂在哪裡？」

良彥歪了歪頭，阿杏指著放有水和米的獻饌台後方。

「一言主大神在那邊的本殿裡。」

良彥循著阿杏的視線望去，只見獻饌台後方的玻璃窗彼端，有個和拜殿相似的建築物。平時他造訪大主神社時從未想過，原來神社的構造也挺複雜的。

阿杏在拜殿中往左前進，走進一條細長的通道。

「一言主大神在這個地區，是倍受信賴的神明。不過，雖然現在也有神職人員和氏子保護，但是和會見雄略天皇的時候相比，祂的力量已衰退不少也是事實。對於現在的一言主大神而言，連頒布神諭都很困難了。」

良彥對著阿杏落寞的背影問道：

「……這是因為不祭神的人變多了嗎？」

依照黃金的說法，應該是這個緣故吧。

阿杏回過頭來，露出困擾的微笑。

「其實也不是非得舉辦大規模的神事不可。只要凡人在神明面前表達感謝之意或傳達活著的喜悅，就能成為神明的力量來源。」

黃金點頭附和阿杏的話語。

「即使現在連頒布神諭都有困難，一言主大神依然每天坐在拜殿的階梯上，明知凡人聽不見，還是親自慰勞並鼓勵每個前來參拜的凡人。可是……」

說到這裡，阿杏垂下視線。

「可是這一個月來，祂卻關在本殿裡，閉門不出。」

聽到這件事，良彥有種切身之感，不由得皺起眉頭。

「這代表……祂變成……繭居族了？」

良彥百感交集。阿杏推開木門，再度來到室外，走上從獻饌台可望見的建築物正面階梯。本殿蓋在斜坡上，後方的樹木開枝散葉，覆蓋住屋頂。

走上階梯的途中，阿杏突然踉蹌一下，良彥連忙牽住祂的手。

「不要緊吧？」

沒想到連侍奉神明的眷屬都會跌倒，真是個新發現。

「感激不盡。」

阿杏露出苦笑，緩緩走上剩餘的階梯。良彥跟在後頭，望著自己剛才牽住阿杏的右手。阿杏在境內握住他的手時也和現在一樣，給他一種莫名冰冷的感覺。

「一言主閉門不出，是有什麼原因嗎？」

黃金一面走上階梯，一面問道。阿杏轉動眼珠，宛若在揀選詞語一般。

「……『吾雖惡事而一言，雖善事而一言，言離之神。』……這是過去一言主大神與雄略天皇會面時，形容自己的話語……」

「……這是國文吧？」

良彥一臉嚴肅地反問，黃金瞪他一眼。

「這句話的意思是，祂是僅憑一句話便能定奪善惡的言靈（註23）之神。由此可見，祂是多麼神通廣大的名神。」

「……原來如此。」

不知在本殿深處等著自己的是多麼嚴厲的神明？良彥戰戰兢兢，阿杏則是一面開啟本殿的大門，一面對他繼續說道：

「一言主大神如此自稱，正代表祂對自己的一言一語引以為傲。從前，祂鼓勵凡人的話語就像湧泉一樣，天天汩汩流出，這陣子卻完全枯涸了。」

打開第一扇門一看，裡頭比拜殿更加昏暗，只擺放一對沒點亮的座地燈，前方則是另一道階梯及小門，門前擺放了一對榊樹（紅淡比樹）的枝葉和一面圓鏡。一言主應該就在門後吧。

「就為了這種事而閉門不出，有夠窩囊。如果只是讓身為眷屬的阿杏操心倒也罷了，連宣之言書上頭都浮現出神名，可見高位大神也知道這件事。」

黃金搖了搖頭如此說道，又迅速爬上階梯，用前腳靈巧地推開紅淡比樹的枝葉和鏡子。

「啊，喂，黃金！」

這裡可不是祂自己的神社，這麼粗魯沒關係嗎？就在慌忙追上的良彥和阿杏的注視之中，黃金只不過是抬起鼻尖，門鎖便開了。

「一言主大神，差使來了，快現身吧！」

隨著黃金的話語，雙開門緩緩地開啟。

「…………唔？」

良彥在開啟的門後看見熟悉的光芒，不由得定睛凝視。

四角形的照明在約三坪大的空間中模模糊糊地浮現，隨著眼睛逐漸適應昏暗，良彥看見一個國中生模樣的少年。那名少年坐在矮桌前，身上穿著亮藍綠色的水干（註24），及肩的頭髮用白色蠟繩高高束起。

註23：古代日本人相信話語之中蘊含神祕的靈力，稱之為「言靈」。

註24：日本平安時代的男子裝束。

然而，值得注目的不只這些。

「……電腦……？」

少年小小的腦袋上戴著一個極不相襯的巨大耳機，手邊的機器正是電腦。而且不是最近流行的輕巧型電腦，而是專賣店裡常見的那種既黑又大、附有主機的桌上型電腦。鍵盤也一樣，手腕托的面積很大，看起來相當氣派，大刺刺地占據矮桌。而且仔細一看，房裡另有觸控式螢幕、智慧型手機、音樂播放器等物品，深處還有一台大約三十二吋的液晶電視及幾台家用型遊戲主機，近來引發熱烈討論的遊戲模型、海報及遊戲雜誌等物品也堆積如山，讓人分不清這裡到底是神社內部還是國中男生的房間。

「幹嘛？」

不知是不是因為戴著巨大耳機的緣故，好一陣子都沒發現門突然開啟的少年，終於將視線轉過來。然而，他只是瞥了一眼，隨即又將視線移回電腦螢幕上。他似乎在打電玩，同時操縱滑鼠和鍵盤的手法看來十分熟練。

「……咦？」

良彥不敢相信眼前的光景，連眨好幾次眼。

黃金啞然無語地愣在門前。

「……呃，為了慎重起見，我問一下，那位就是……？」

良彥戰戰兢兢地詢問，阿杏堅定地點頭。

「對，祂就是我的主人，一言主大神。」

三

「……我並不是閉門不出以後才變成這樣，這就是我的預設狀態。」

在3C產品包圍的本殿裡，活像個國中小男生的一言主理直氣壯地說道。

「什、什麼叫預設狀態？」

目睹曾讓天皇下跪的名神一言主居然變成這副德行，黃金險些昏倒。

「就是我的做法。這裡可以使用社務所的無線網路，挺舒適的。如果能牽光纖就更好了，只可惜有點困難。」

「……真的假的？」

良彥呻吟似地喃喃自語，他沒想到會從神明口中聽見「無線網路」這個詞。良彥身旁的黃金則是頭暈目眩，差點倒在地板上，幸好阿杏攙住祂。

「我又沒找差使。我在這裡過得很舒適，你們可以回去了。」

一言主爽快俐落地說完，再度轉向電腦。畫面上的線上遊戲圖像良彥也有印象，或許這套氣派的電腦就是為了玩這個遊戲而買的建議配備。

「一言主大神，他們是大老遠從京都過來的，請祢和他們多談談。」

阿杏看不下去，從旁規勸，但一言主不耐煩地搖頭說：

「我就說不用了嘛！」

「當然要！說到一言主，那可是這一帶倍受崇敬的名神啊！可是，這樣的名神卻老是窩在神社裡……」

「反正凡人又看不見我，出不出門意思還不是一樣？」

「不是這個問題！」

「祢很囉唆耶！」

看著兩人一來一往，良彥有種頭痛的感覺，這根本是只顧著打電玩、不去外面玩的小孩，和催他去外面玩的年輕媽媽在爭吵嘛！良彥聽說一言主大神是言靈之神，又是名神，還以為出現的會是威嚴十足的神明，誰知道居然是個精通3C產品及網路的國中小男生。

「只要和他們談談，或許這陣子令一言主大神煩心的話語問題，也能迎刃而解啊！」

阿杏拚命說服，一言主本人卻一臉不悅地繼續操縱畫面中的角色。

「不用了，反正不管我說什麼凡人都聽不見。我被稱為名神已是很久以前的事，在《古事記》裡也只出現一下子，到了《日本書紀》和《續日本紀》又被加油添醋，後來還把我和事代主搞混。」

一言主嘀嘀咕咕，縮著背窺探螢幕。

「從前的記憶也越來越模糊了，現在力量衰退還變成這副模樣。就算我閉門不出，也沒人會困擾吧。」

「一言主大神！」

面對自我嘲諷的一言主，阿杏發出責難之聲。

看來事情挺棘手的——良彥暗自嘆氣。他能理解阿杏的心情，不過，一言主根本是在鬧脾氣。雖然不知道祂為何陷入低潮期，但這顯然不是能夠輕易解決的問題。

「……葛城的名神居然變成這副德行，實在太窩囊了……將高岡宮招來此地，並讓雄略天皇跪地的威嚴究竟跑到哪兒去……」

黃金撐起身子，從喉嚨擠出聲音說道：

「如果祢要繼續幹這些事，立刻返回天庭！離開人間，回高天原生活！就算祢是國津神，應該也做得到！」

然而，面對黃金的斥喝，一言主毫無怯意，只是不耐煩地嘆一口氣。

「祢很囉唆耶！所以我才討厭食古不化的神明。時代是有潮流的，方位神在陰陽道沒落之後，還不是隱居了？」

「別把我和祢相提並論！我再怎麼墮落，也不會沉迷於這些俗事之中！」

見狀，良彥有種被晾在一旁的感覺，不禁喃喃說道：

「……話說回來，原來黃金的地位這麼高，可以用這種高高在上的語氣，對讓天皇下跪的名神說話啊……」

良彥一直以為黃金只是個掌管方位的神明，祂隱居的神社也不在本宮，而是個小小的末社，所以良彥壓根兒沒想到祂這麼有地位。

「我不是很清楚，不過，聽說黃金老爺是在神代（註25）之前就存在的太古之神。因為方位神是這個世界誕生時就已經存在的神明。」

阿杏一面苦笑，一面悄悄對良彥附耳說道。

「在黃金老爺看來，只怕大半神明都是小孩吧。」

神明。

「這樣啊……」

良彥望著毛髮倒豎、與一言主對峙的黃金。他沒想到，黃金是個古老到被稱為太古之神的神明。

「別的不說，國津神太寵溺凡人了！為何祢們永遠不明白這麼做只是自找麻煩！」

「等、等一下，黃金，祢冷靜一點。」

良彥撫摸著幾乎快撲向一言主的黃金，讓祂冷靜下來；但黃金甩開良彥，並瞪了他一眼。

雖然阿杏說黃金是太古之神，可是在良彥眼裡，祂只是隻毛皮摸起來很舒服的狐狸。

「我說過，別胡亂摸我！」

「好啦、好啦！我不該摸祢的，我道歉。祢先安靜一下。」

說著，良彥移到看得見一言主電腦螢幕的位置。

「不管是神明還是凡人的說服，我都不想聽。」

一言主的視線依舊望向螢幕，一面用雙手忙碌地操縱滑鼠和鍵盤，一面冷淡地說道。

註25：神明統治的時代，在日本指神武天皇之前的時代。

「啊，別擔心，我也沒有說服祢的資格和自信，畢竟我只是個代理差使而已。」

良彥就地坐下，老實說道。

「雖然我有點同情為祢操心的阿杏小姐啦，不過就剛才那番話聽來，至少祢沒有傷害或背叛任何人。」

良彥盤坐在地，手抵著膝蓋，拄著臉頰，將自己的想法說出來。他失去棒球這條路、失去公司裡的容身之處，無法回報那些替自己加油的人，根本沒有權利責備一言主。

「而且我覺得，每個人難免都有想獨自關在房間裡的時候。」

良彥比任何人都能理解這種心境。從前的他只想斷絕一切關係，逃離現實，和現在的一言主過的生活相差無幾。

聽見良彥這番切身的話語，一言主總算把頭從電腦前抬起來，正視良彥的臉。

「別說這些了，這個是『狩獵人生』吧？」

良彥指著電腦畫面問道。他早就覺得這個畫面很眼熟。這是各種角色分工合作、共同狩獵怪獸，並以擴大領地為目標的線上動作ＲＰＧ，良彥在家裡也會玩。

聽了良彥的問題，一言主錯愕地眨眼。

「是啊……」

「我一直抓不到豆豆山的危險巨龍，那邊祢破關了嗎？」

「啊，嗯，已經破關了。」

一言主困惑地點頭。

「是不是要有木匠才行？沒先蓋營地抓不到嗎？」

「唔……有木匠比較好。那時候我的隊伍裡有木匠，然後我又練了一隻調教師……」

「果然這才是正確的解法啊？」

見兩人突然開始暢談遊戲，黃金投以狐疑的視線，但良彥姑且裝作沒發現。平常他玩這個遊戲時總是孤軍奮戰，現在有個可以直接討論的對象，可說是十分寶貴。

「調教師和木匠都被我略過了。」

平時這類問題良彥都是在專門的討論區裡發問，但一言主似乎是個高手，現在先別管差事，交換遊戲資訊比較要緊。

「嗯，這兩個職業的重要性不高，所以常被忽略。」

一言主說道。祂略微遲疑過後，才再度開口：

「……那道布簾後面還有一台電腦。」

一言主指著拜殿內常見的那種從天花板懸吊而下的高雅布簾，如此說道。

「如果你現在想玩，就上線和我會合，我可以幫你打危險巨龍。」

「真的嗎！」

「反正我有調教師。你有戰士嗎？」

「有。」

「那就沒問題了。」

「等一下！」

見本殿內即將展開遊戲大會，黃金忍不住插嘴說道：

「良彥，你的工作不是打電玩吧！你的任務是聽一言主交辦差事並且完成它！阿杏，祢也別顧著看，說說他們……」

「一言主大神要和別人一起合作完成某件事……我已經很久沒見過這種情景了……」

看見用衣袖摀住眼睛的阿杏，黃金瞬間啞然無語。

「你叫什麼名字？」

良彥恭敬不如從命，立刻將另一台電腦從布簾後方搬出來。此時，一言主如此詢問他。

「萩原良彥。」

良彥一面開啟電腦，一面回答。

「良彥啊……」

一言主喃喃說道，臉上的表情顯得有些開心。

然而，下一瞬間，祂不經意地望向擱在未關上的門前的圓鏡，突然彈跳起來。

「怎麼了？」

良彥循著祂的視線望去，發現鏡中映出的是拜殿前的風景，現在有個身穿制服的少女來到香油錢箱前。

目睹這一幕的一言主宛若在強忍痛楚一般，緊緊抿起嘴巴，並從鏡子上移開視線。

「……不，沒什麼。」

一言主像在說給自己聽似的，重新坐回電腦前。看見祂的模樣，良彥再度望向鏡子，只見那個看似國中生的少女似乎剛放學，肩上掛著藏青色的書包。她一面搖晃著綁成兩束的頭髮，一面合掌參拜，口中唸唸有詞，接著又行了一禮才結束參拜。

「危險巨龍是冰屬性的。」

就在良彥出神地望著鏡子時，一言主宛若試圖忘記鏡中的光景一般，緩緩開始說明遊戲的攻略法。

「所以最好帶炎屬性的武器去打，看你是要去武器店買，還是練一隻鐵匠自己鍛造……」

阿杏凝視帶著僵硬表情淡然解說的一言主，悄悄嘆一口氣。

「剛才的少女是住在附近的森脇家長女。」

阿杏和黃金留下忙著打電玩的兩人，走出本殿。

太陽已經西斜，天空的色調變淡了。

「她出生在虔誠的氏子家庭裡，初宮參拜和七五三都是在這個神社舉行的，一言主大神一路守護著她成長。她對於一言公的傳說深信不疑，放學之後，總會來神社祈求闔家平安之類的小願望。」

黃金在本殿的階梯上坐下來，傾聽阿杏說話。位於山中的神社很安靜，不時傳來鳥鳴聲。

「有一天，她有了心上人，開始為了自己和他的戀情而祈禱。」

阿杏仰望天空，似乎在回憶當時的情景。

「凡人祈求戀情順遂，並不是什麼罕見的事。雖然我們無法干涉，但是當時我和一言主大神都偷偷替她加油。當我聽見她決心鼓起勇氣告白時，情緒也跟著高昂起來。」

然而，隔天，在雷聲大作的午後陣雨中，她哭著來到神社。

看著在無人的境內抱膝哭泣的她，一言主和阿杏也明白發生了什麼事。少女就這麼坐在神明面前，並未祈禱，也未唾罵或責怪任何人，只是在雨聲中一味哭泣。

一言主看著她的身影。

無法替她實現願望。

無法對她說坐在拜殿的階梯上會淋濕，叫她進來。

無法抱著她的肩膀溫暖她。

「雖然被稱為言靈之神，當時的一言主大神卻找不到半句話可以對那個少女說。」

一言主便是在那之後關進本殿、閉門不出。

「雖然凡人都稱呼祂為一言公，對祂萬分敬重，祂卻無法替凡人實現願望；即使對凡人說話，凡人也聽不見。既然如此，自己是為了什麼而存在？……或許祂就是這麼想的吧。」

阿杏垂下眼睛。黃金搖了搖尾巴，似乎在思索什麼。

「不過，神因人敬而增威，是神的天理。如今得不到凡人的敬畏，神無法頒布神諭，也是情有可原。一言主未免太偏袒人類了吧？」

就黃金看來，一言主失去力量是人類造成的，人類因此無法接收一言主的神諭，可說是自作自受，黃金不明白一言主為何會因此沮喪。無法頒布神諭，責任並不在一言主身上。

聽了黃金的說法，阿杏露出苦笑。

「或許是一言主大神太過慈悲……」

阿杏悄悄地瞥了自己的雙手一眼。見狀，黃金說出打從初見面時便一直懸在心上的事。

「……已經病了很久嗎？」

或許良彥也發現了。或許他不知內情，但畢竟直接觸摸過阿杏，即使隱約察覺到有問題也不足為奇。

「是最近的事。」

阿杏露出困擾的微笑。

「如同剛才黃金老爺所說的一般，其實我也曾勸一言主大神返回天庭。冒著力量衰退的風險留在人間，未免太過空虛。」

本殿深處傳來一言主和良彥打電玩的聲音，阿杏對那個方向投以慈愛的眼神，宛若在大地扎根的巨樹，庇護著樹蔭下的旅人一般。

「但是一言主大神不肯答應。」

黃金的黃綠色眼眸也循著阿杏的視線望向本殿內部。祂到底有多麼呵護天地萬物？都已變成那副孩子模樣，還要繼續操心。

「我無法理解……」

黃金震動著喉嚨，喃喃說道。換成自己是一言主，或許黃金早就離開這個神社。壽命有限、生死有命，是這個人世亙古不變的道理。

吹過葛城的風，搖晃著黃金等人頭上的枝葉。

雖然只是遊戲，但是達成目標依然令人振奮。順利捕捉危險巨龍的良彥和一言主意氣相投，又接連解了幾個任務。

一開始玩遊戲，便容易忘記時間、沉迷其中，此時的良彥也不例外，當他的手離開電腦時，已經是開打五個小時之後，太陽已然下山，外頭的天色完全暗下來了。

「我已經很久沒和認識的人一起打電玩。」

良彥與一言主互擊拳頭，稱頌彼此的奮戰，接著便虛脫地躺在地板上。和神明一起在遊戲內狩獵，說來也挺奇怪的。

「大學的時候倒是常和孝太郎一起打電玩……」

良彥喃喃說道，感覺到苦悶的情感在胸中復甦。

「孝太郎？」

一言主捲起水干的袖子，露出細瘦的手臂，回過頭來問道。

「……我的朋友。昨天我說了不該說的話，和他鬧僵了。」

良彥自虐地說道，一言主苦笑說：

「我為了說不出話而煩惱，你卻因為說錯話而煩惱，真是不可思議。」

聽到這句話，良彥也有同感，不禁跟著笑了。平時他說話根本不經大腦。

「……我去年右膝受傷，經歷很多痛苦的事，過了半年像祢這種的生活。」

良彥仰望天花板，喃喃說道。

看著電腦畫面的一言主以意外的眼神望向良彥。

「孝太郎是擔心我才說那些話，我卻說他根本不懂……完全是在嫉妒他……」

良彥喃喃說道，閉上眼睛。

拒絕朋友伸出的援手，築起高牆，說「你根本不懂」。

良彥的腦袋明明知道每個人都不一樣，不可能完全理解對方。

「不過，他是你很重視的朋友吧？」

一言主詢問。良彥睜開眼睛，停頓一會兒才點頭。

「……嗯。」

與其和人生一帆風順的孝太郎互相比較而自卑，不如乾脆和他斷絕往來算了。但是，良彥仍選擇和他繼續來往，這是為什麼？

「你覺得你有錯吧？」

「嗯……」

「那就沒問題了。」

一言主也仿效良彥，攤開四肢往地板躺下。

「正因為親近，才會埋怨，才會撒嬌，才會發洩無處宣洩的感情，對吧？這是你信賴對方的證據。正因為你對他敞開心房，才敢在他面前露出蹩腳的一面。」

一言主伸展手腳，轉過頭對良彥說道：

「我想那個孝太郎應該也明白這個道理。」

聽見這句話，良彥忍不住坐起上半身，不住打量一言主的臉。

「……幹嘛？」

「不，我只是覺得祢看起來明明是個國中小男生，說起話來卻頭頭是道。」

「欸，雖然我現在是這副模樣，但好歹是從神代就存在的神明啊。」

一言主對良彥投以啼笑皆非的視線，良彥連聲道歉。一想起剛才看著同一個畫面嬉鬧時的光景，良彥便陷入自己真的是和國中生在玩耍的錯覺。

看見良彥隨口應付的態度，一言主跟著笑了，並把視線轉向天花板。祂遲疑地轉了轉眼珠之後，緩緩地開口。

「……剛才鏡子映出的少女是生在氏子家庭，我從她還是嬰兒的時候就認識她。」

良彥望著宛如攤開厚重書本說起故事的一言主。

「她還在襁褓中時，便被父母帶來這裡；現在成為國中生，還是習慣來這裡祈求家人、朋友的幸福及健康之類的小願望。有時候她放學後順道過來，還會跟我報告花圃裡的花開了。」

良彥在腦中描繪剛才鏡子映出的少女。在這塊稱不上都會的土地和葛城山的環抱之下長大的她，一定是個乖巧的孩子吧。

「有一天，她失戀了，冒雨哭著來到這裡。我本來以為她是來宣洩情感，雖然知道她聽不見我的話，但還是想說些話來安慰她、聽聽她抱怨，於是便走下拜殿的階梯。」

說到這裡，一言主停下來，皺起眉頭，閉上眼睛。

「……可是她什麼話都沒說。那一天，她沒有祈禱、沒有求助，也沒有埋怨。我只能看著那樣的她。雖然貴為言靈之神，我卻找不到任何話來安慰她……你知道為什麼嗎？」

面對這個問題，良彥微微地搖頭。

一言主睜開眼睛，視線從天花板滑向良彥，微微一笑。

「因為那孩子根本沒寄望過我。」

祂的笑容看起來泫然欲泣。

「對她而言，我是個虛無的存在，連當出氣筒都不夠格。失去力量的我所說的話，凡人聽不見；無論是鼓勵或安慰，都只是我的自我滿足而已。這一點，打從自己無法頒布神諭時，我就知道了，但是我直到那一刻才痛切地感受到。」

一言主說道，彷彿在吐露胸中膨脹欲裂的痛苦。

「我完全幫不上凡人的忙。」

良彥無言以對，他沒想到會從神的口中聽見這種話。良彥想像中的神明，是壓倒性地超越人類、無所不能的存在。

「……可、可是，祢的力量變弱，是因為使用正確方法祭神的人變少了，對吧？那是人類的錯啊！祢何必這麼……」

被譽為葛城名神，自太古以來便居住在這塊土地上的強大神明。

祂應該感嘆的是自己的力量衰退，何必如此呵護人類？

「那還用問？」

一言主毫不遲疑地回答良彥的問題。

「因為我是神啊。」

祂略帶困擾地微笑。

「原本我只是依附葛城山的精靈，是人類把我當成神明來奉祀，給予我力量。」古時候，人類敬畏所有的自然萬物、動植物及自然現象，並認為萬物皆有神靈。

「雖然現在隨著力量衰退，從前的記憶也變得越來越模糊……」

一言主凝視著自己的小手。

「但我還是得報答他們。」

良彥愕然地睜大眼睛。

眼前明明是個國中生年紀的少年，良彥卻在祂的身影中，感受到一股令他起雞皮疙瘩的巨大意志。

在流逝了數千年的時光之中，堅持守護、直至潔癖般的純粹。

即使力量衰退，依然試著與凡人攜手。這般慈愛之深，簡直到了死心眼的地步。

「祢……」

良彥真恨自己在這種時候想不出半句靈光的話語。他不知道該說什麼才好，幾乎快被湧上胸口的情感浪潮淹沒。

在看到宣之言書前，良彥根本沒聽過一言主的名字，不知道祂的神社在哪裡，也不知道祂的由來。在被選為代理差使並認識黃金之前，良彥只把神明當成一種供奉在神社裡、替人們實現願望的方便物事，他甚至沒有打從心底相信過神的存在。

然而，現在神確實存在於眼前，有著真實的溫度。

「啊……好久沒這麼想睡了……」

躺在地板上的一言主揉了揉眼睛。祂已經很久沒和別人玩得如此盡興，滿足感和舒適的疲勞感令祂忍不住伸個懶腰。

「我休息一下……」

話才說完，要不了多久，便傳來一道小小的鼻息聲。毫無防備的睡臉，看來就像真正的國中男生一樣稚嫩。見一言主只穿一件單薄的水干，良彥脫下自己身上的薄外套，輕輕蓋在祂微微起伏的身軀上。

昏暗的本殿之中，響起了從外傳來的蟲鳴聲。

四

「……糟糕。」

良彥坐在本殿入口外的階梯上，他被耀眼的朝陽刺得瞇起眼睛，凝視著擱置了一晚的智慧型手機。

昨晚，良彥和一言主一樣，不知不覺間睡著了；當他醒來時，天早就亮了。良彥是因為地板太硬而醒來，比他先醒的一言主則在一旁逛著常看的部落格。

時間已經過了上午十點。沒有窗戶的本殿內總是一片幽暗，關在本殿裡，讓良彥搞不清楚現在是何時。

「不，這不重要……」

良彥喃喃說道，皺著眉頭抓了抓腦袋。沒錯，比起找藉口，更重要的是該如何解決自己不小心在外過夜的事。

智慧型手機裡有母親和孝太郎的來電紀錄和簡訊，應該是母親曾聯絡過孝太郎吧。二十四歲的男人沒告知父母一聲便在外過夜，並不是什麼值得大驚小怪的事，但是良彥可不願意惹來不必要的猜疑。果不其然，母親傳來的簡訊是用帶著弦外之音的話語作結：「沒想到你挺有兩把刷子的嘛！」

「早安，良彥公子。」

就在良彥抱頭苦惱之際，阿杏不知在幾時之間來了，晨曦在祂的烏黑秀髮上舞動著。

「昨晚我本來想叫醒您的，可是看您睡得很熟……」

「沒關係，反正已經趕不上最後一班電車了。我才該道歉，擅自留下來過夜。」

良彥也沒想到自己會落得在神社裡過上一夜的地步。

阿杏一臉高興地對忍住呵欠的良彥微笑。

「不，一言主大神也玩得很開心，最好的證據就是今天早上祂的心情比平時更好。」

阿杏壓低聲音說道，瞥了本殿裡頭一眼。

看在良彥眼裡，一言主只是懶洋洋地逛著貓咪的部落格。不過，換成每天見面的人，或許就能察覺祂細微的變化吧。

「差事呢？」

黃金搖著比陽光更加燦爛的金色尾巴，從拜殿方向走來。

聽了祂的話，良彥才想起比編造私自外宿的藉口更加重大的任務。沒錯，他不是來這裡打電玩的，他的差事是拯救閉門不出的一言主。

「這、這個嘛……我、我現在……正要想辦法……」

良彥撇開視線，支支吾吾地回答。見狀，黃金默默無語地逼近，他承受不住這股壓力，屁股連忙離地。

「我、我知道，我知道啦！我現在肚子餓了，先吃完飯再說！」

仔細想想，昨天中午以後，他只有在路上買了罐茶來喝，其餘什麼也沒吃。

「吃了飯你就會認真辦事嗎？」

「當、當然！」

良彥宛若要逃離黃金狐疑的視線一般，從放在地板上的郵差包中取出皮夾。

「阿杏小姐，這附近有超商嗎？」

就良彥搭乘巴士時的記憶，這一帶非常偏僻，離車站很遠，也沒有大馬路經過，道路兩側不是水田、旱田，就是山脈。

「有！一言主大神說過，超商對於凡人而言是非常方便的地方，我想那裡一定有合您胃口的餐點。」

阿杏拍一下手，笑容滿面地表示祂願意替良彥帶路。

⛩

「難得出來，要不要散散步？」

距離奉祀一言主的神社約十分鐘路程的地方，有家最近剛開幕的嶄新超商獨自營業著。良彥在超商買了麵包、咖啡及黃金頻頻關注的純鮮奶油大福，在停車場角落的長椅上坐下。就算帶回神社，也不能在本殿裡吃；正好天氣不錯，不如在這裡吃完以後再回去。正當良彥吃著麵包配咖啡時，阿杏興致勃勃地對他提出這個建議。

「散步？」

「一言主大神還沒閉門不出的時候，我們常來這附近散步，看看田地的收成狀況及人們的生活。不過。現在我不能擱下主人，自己頻頻外出……」

阿杏似乎覺得有些難以啟齒，扭扭捏捏地搓著白皙的手。簡單地說，就是祂想散步。的確，待在那個神社裡，光顧著擔心一言主，根本無法排憂解悶。

「神明窩在神社裡，在地上扎根的阿杏卻想去散步，整個都反了。」

黃金無奈地嘆一口氣。祂嘴上說自己沒說想吃，但是良彥一把大福從袋子裡拿出來，祂就高興得雙眼發光。現在祂的嘴邊都是大福的黑糖餡和黃豆粉，看起來沒什麼威嚴。

「好啊，我們去散散步吧。」

就算現在立刻趕回去，良彥也不認為自己想得出讓一言主回心轉意的妙方。他喝完咖啡並表示贊同之後，阿杏開心地微微一笑。

「其實我想帶良彥公子去某個地方，請跟我來。」

阿杏踩著熟悉的步伐邁開腳步。

「昨晚我也跟黃金老爺說過了，一言主大神為何變成那樣，其實我心裡有數。」

駛過雙向單線道的車子並不多。兩側盡是田地，即將收成的稻穗迎風搖曳。阿杏走在這條道路上，一路往南方前進。

「祢是說那個失戀女孩的事？」

昨晚一言主說的一番話在良彥的胸中復甦。每天來訪的少女在神明面前，既未抱怨也未求助，只是一味哭泣。

聽了良彥的話，阿杏露出困擾的笑容。

「原來您已經聽說了？自從發生那件事，一言主大神開始質疑自己存在的意義。祂懷疑一個幫不上凡人的神，有必要存在嗎？」

阿杏仰望晴朗的秋日天空。

「一言主大神認為神與人應該攜手共生，並不厭惡凡人依賴祂。就我的淺見，如果能知道當時那名少女在神明面前為何連一句話都不說，或許一言主大神就會釋懷……」

他們經過一間小郵局，走進穿越田間的細長農道，前方遠遠可望見一棟水泥建築物。

「不過，那個女孩之後還是常來參拜吧？我聽說她放學後會順路來神社。」

如果她對神明毫無寄託，會如此勤跑神社嗎？良彥歪頭不解。

阿杏面帶困惑，回過頭來說道：

「所以我才覺得奇怪。她幾乎每天都來，可是最難過的時候，為何一句話也不說？我想知道的就是這一點。」

不久後，阿杏走上分隔田地、雜草叢生的田埂，停在某一點上。那裡的土地比周圍高一些，可將眼前的水泥建築物——校舍至操場盡收眼底。不知道是否剛好是下課時間，穿著制服的學生紛紛出籠，各自進行活動。良彥覺得那些女學生身穿的制服很眼熟，接著想到昨天看見的少女正是穿著這種制服。

「發生那件事之後，我來過這裡好幾次。那個女孩像是什麼事都沒發生過一樣，精神奕奕地過著學校生活。她在朋友面前總是笑口常開，是個很受信賴又很堅強的少女。」

或許阿杏在遠望的景色之中找到了少女的身影吧。良彥望著懷念的下課風景，阿杏則對他投以懇求的視線說道：

「拜託您，良彥公子，能不能替我問問那個少女？問她當時為何連一句話都沒對一言主大神說？」

原來如此啊！良彥露出了苦瓜臉。他還在納悶阿杏為何帶他來這種地方，原來是希望身為人類的他可以直接去詢問那個少女。

「可是我突然跑去問她，不就成了可疑分子……」

「還沒嘗試，不可以輕言放棄！」

「不，這種問題不能用精神論解決……」

良彥嘀咕了幾聲，抓了抓頭。

他明白阿杏的意思，可是沒有更實際一點的方法嗎？如果是熟識的大人或家人也就罷了，他不認為國中女生會對一名陌生的男人吐露這些事。

「快點去辦吧！良彥。」

黃金一面舔嘴，一面搖著尾巴仰望良彥。

「只不過是問個問題，很簡單啊。」

「一點也不簡單！」

這個不知世事的傢伙——良彥在嘴裡嘀咕。現在可是光跟女學生問個路，就可能被報上警局的時代耶。

「什麼叫『只不過是問個問題』啊？要怎麼開口……」

良彥的口才本來就不好，腦筋轉得也不怎麼快。

「話說回來，那個女孩失戀跑來神社的那一天，境內有其他香客嗎？」

良彥詢問，阿杏搖了搖頭。

「不，那天那個時段只有她一個人。」

「那麼，我知道這件事不是很奇怪嗎？根本是跟蹤狂嘛！」

「不能想想辦法嗎？」

「呃，有點困難……」

是不是該偽裝成神社的職員呢？良彥陷入混亂之中，此時鐘聲響起，學生一起衝進校舍裡。見狀，阿杏微微地嘆一口氣。

「果然不行嗎……」

「……對不起。」

見阿杏一臉遺憾，良彥覺得過意不去，忍不住垂下視線。祂那麼失望，讓良彥覺得自己似乎做錯了什麼。見良彥低頭道歉，阿杏連忙搖頭說：

「不，這只是我個人的願望，請您別放在心上。」

阿杏白皙的雙手在胸前交握，再度望向校舍。

「……可是，現在回想起來，她好像沒把自己失戀的事告訴朋友。她應該是刻意隱瞞的吧，我見到她故作平靜的模樣。誠如良彥公子所言，或許她也不願意被人知道，她在無人的神社裡哭泣的模樣……」

聽到這句話，良彥猛然抬起頭來。

「……阿杏小姐，祢剛才說什麼？」

良彥反問，黃金黃綠色的眼睛詫異地望著他。

阿杏似乎對良彥的問題感到困惑，把手放在胸前。

「或許她也不願意被人知道……？」

「不，更上一句。」

良彥覺得腦袋中似乎閃過什麼，凝視著阿杏的雙眼問道。

「更上一句……」

阿杏喃喃說道，並歪頭回憶。

「她好像沒把自己失戀的事告訴朋友……？」

——我見到她故作平靜的模樣。

昨晚的光景重現於腦海之中，並與這句話重疊，令良彥忘記呼吸。接著，反覆在耳邊迴盪的話語告訴他關鍵的誤會出在哪裡。那句話是一言主說的。當時祂為了鼓勵對祂傾吐孝太郎之事的良彥，曾說過那句話。

——正因為你對他敞開心房，才敢在他面前露出蹩腳的一面。

「那小子自己都這麼說了……」

良彥的視線搖晃，他無意識地喃喃說道。

巨大的矛盾就是從這裡產生的。

「良彥公子？」

阿杏疑惑地和黃金面面相覷。

然而，良彥並未回答，只是猛然朝神社衝去。

這是個冷靜下來思考就會立刻明白的問題。

失戀的那一天，那名女孩在雨中造訪神社，一言主和阿杏都曾目睹她在神明面前不斷哭泣的模樣。不過，不僅是祂們，就連良彥自己也只著眼在女孩什麼話都沒說的這個事實，而忽略了真相。

其實答案早就已經呼之欲出。

「一言主！」

良彥忍著膝痛奔上石階，經過拜殿，衝入本殿，呼喚著仍以和自己出門時相同的姿勢看著電腦的一言主。

「咦？這麼快就回來了。有找到超商嗎？」

「現在立刻停止幹這種蠢事！」

一言主還沒說完，良彥便上氣不接下氣地拉起祂矮小的身軀。

「什、什麼意思？」

一言主不解其意地反問，良彥連珠炮似地說道：

「我叫祢別再為了幫不上凡人的忙這種蠢事煩惱！」

為何剛聽到一言主提起這件事時，自己沒有立刻想到？見祂以為少女對祂毫無寄望而煩惱、幾乎喪失自我存在的意義時，為何沒有早一點告訴祂？良彥宛若要發洩自己的急切之情一般，開口說道：

「別因為一個女孩沒向祢求助或是對她說不出話來，就意志消沉，關在神社裡哭哭啼啼的！這些全都不重要！」

聞言，一言主皺起眉頭。

「昨晚我不是說過了嗎？替凡人指點迷津，是我的存在意義。如果有人否定這一點，就算是你，我也不饒恕。」

「不對，不是這樣！這不是祢的存在意義！」

良彥正面承受筆直回望自己的雙眼，努力尋找言詞。

「祢曾想過那個女孩那天為什麼來這裡嗎？」

黃金和阿杏出現在本殿入口，但良彥並未理會祂們，而是更加使勁抓住一言主的雙肩。

「如果對那個女孩而言，這裡真的只是個無關緊要的地方，為什麼她還要冒雨哭著跑來這裡呢？」

一言主仍不明白良彥的用意，雙眼困惑地動搖著。

「阿杏小姐說，那個女孩在朋友面前總是笑口常開，沒有告訴任何人她失戀的事，始終故作平靜。」

這樣的少女特地跑來這裡哭泣，代表什麼意思？

該怎麼說才能傳達？該怎麼說一言主才會明白？良彥在自己貧乏的字庫中拚命尋找言詞。

「只有在這裡，她才敢表露出為失戀大哭這麼蹩腳的一面啊！」

四下無人的地方多得是，她大可以去這些地方偷偷哭泣，也不用被雨淋成落湯雞。

但是，她選擇來這裡。

「或許她的確什麼也沒說，可是，她來到這裡的事實，不就足以說明一切嗎？」

站在門口的黃金和阿杏一臉意外地凝視著良彥。

「或許她聽不見祢說的話，但是祢的心意她一定收到了，所以她才會來這裡。還有，我覺得言語固然重要，但是祢為了無法安慰一個女孩而懊悔的慈悲心腸更重要。」

雙手抓住的肩膀瘦弱得驚人。雖然一言主的力量已衰退，如今變成這副模樣，但祂對凡人的慈愛想必一如往昔。

「有時候，就算什麼話也不說，只要陪在身邊，心裡就踏實多了……」

說著，良彥把這句話和自己的情況重疊了，腦海一角想起自己膝蓋受傷和辭職的時候，都陪在他身旁的死黨。

「不用因為祢是一言主，就覺得自己必須說些什麼大道理才行。不必受言詞束縛！」

一言主瞪大了眼睛，聆聽良彥的話語；良彥一面回望祂的眼睛，一面說道：

「祢只要陪在身旁就夠了。」

瞬間，房內迸出一道光芒。

光芒從仰身靜止的一言主胸中溢出，包圍房間，吞沒本殿，將良彥等人帶往另一個世界。

腳下的地板消失，天花板不見了，連四方的牆壁都消融。

良彥感到刺眼，忍不住用手臂摀住眼睛，待光芒逐漸消退之後，他才戰戰兢兢地睜開眼睛，隨即為了眼前的光景倒抽一口氣。

在薰風的吹拂之下。

良彥等人浮在遠離地面的藍天之中。

「這、這是什麼！」

目睹這般跨越時間與距離、令人匪夷所思的奇事，阿杏忍不住驚嘆。

良彥理不出頭緒，也發不出聲音。不，要他理解這個狀況，才是強人所難。

隨著腳邊的薄雲漸漸散去，翠綠的山脈映入眼簾，眼下是陌生的古老城鎮。用石頭和木頭打造的房屋參差不齊地並列著，勉強可以看出有些身穿粗布的人在洗衣服，或是圍著火做飯，也可以看見小孩四處奔跑遊玩。

在這片景色之中，良彥發現一個大了一圈的建築物，似乎是社殿。同樣目睹這片風景的黃金喃喃說著「不會吧……」，倒抽一口氣。

「那、那不是……神沼河耳命建造的高岡宮嗎？」

良彥一面設法維持身體平衡，一面回頭望向黃金。

「神、神沼河耳命……？」

似乎在哪裡聽過這個名字，但那是哪個時代的誰啊？至少在良彥所知的日本歷史中，沒聽過這個名字。

「神沼河耳命便是兩千五百多年前即位的第二代綏靖天皇，高岡宮就是他的皇居。」

「兩、兩千五百多年前……」

那不是西元前的事嗎？時空太過遙遠，讓良彥感到頭暈目眩，根本是一頭霧水。

「這該不會是一言主大神的記憶吧……？」

阿杏呆愣地喃喃自語，同時，頭上傳來一道如釋重負的吐氣聲。

良彥等人仰望天空——

「……曾幾何時之間，我束縛了自己……」

緩緩響起的低沉聲音猶如和煦的陽光一般柔和地灑落。

「好久沒有如此充滿力量……」

聽見這道聲音，喜極而泣的阿杏仰望天空，呼喚祂的名字。

「一言主大神！」

同時，良彥等人宛若被一隻巨大的手掌撈起一般，浮向上空。當他們再度穿越炫目的光芒後，這回出現在眼前的是個穿著寬鬆白袍的強壯男神。祂那頭烏黑的頭髮高高束起，眉毛宛如以墨水畫過一般美麗，眼神卻和藹得驚人。

良彥覺得祂的眼神似曾相識，困惑地開口問道：

「咦……祢是……一言主……？」

眼前的男神充滿光芒與威嚴，幾乎教良彥不敢直呼祂的名諱。祂的胸膛厚實、手臂粗壯，完全沒有那個國中小男生的影子。

「沒錯，我就是坐鎮這座葛城山的一言主大神。你現在看見的，是我當年充滿力量時的模樣。這是良彥的言靈增強了我的記憶所致。」

「記、記憶……？」

良彥一頭霧水、腦袋一片空白，一言主對他微微一笑。

「良彥，多虧爾的話，我想起來了。即使無法頒布神諭，我關懷凡人的心並沒有絲毫改變。這麼簡單的道理，我居然忘得一乾二淨。」

一言主輕輕垂下那雙蘊含莫大慈愛的眼睛。

「有時候，就算什麼話也不說，只要陪在身邊，心裡就踏實多了……對於凡人而言，我該是這樣的存在。然而，我卻遭受『言離之神』的名字束縛，險些忘記如此重要的事。」

一言主的聲音低沉渾厚地迴響於空間中。

「是爾重新教導我，關懷某人而說出的話語具有如此強大的力量。」

一言主將手輕輕放在自己的胸口。

「回想起來，過去都是我對凡人說話，我自己從來沒有接收過話語。像那樣直率、熱情、清新的話語，是多麼強而有力，多麼可靠……」

——有時候，話語也會給我們力量，對吧？

良彥想起巴士中的老婦人所說的一番話。一言主或許也希望得到旁人的鼓勵，或許也希望有個人對祂說「這樣就夠了」，好讓祂在力量衰退、記憶逐漸剝落之際，仍然能夠在話語的指引下步向正確的道路。

「以後我會繼續傾聽凡人的祈禱，保佑人世。我能做的也只有這些……」

看見祂安詳的表情，依然一頭霧水的良彥不禁跟著微笑。

「這樣就夠了吧？」

——我還是得報答凡人。

正因為坐鎮於這座神社的神明有這樣的想法，人們才會慕名而來。

為了沐浴在一言主的慈愛之下。

「你只要待在這裡就夠了。」

聽到這句話，一言主爽朗的笑聲於空中竄升；隨著一記拍手，笑聲宛若具象化一般，變為飄然飛舞的紅色花瓣。阿杏出神地望著這陣由花瓣構成的風雪，開心地伸出手；黃金也瞪大眼睛，環顧周圍。

柔軟的花雨掠過臉頰。

猶如春天的葛城山染上了杜鵑的紅一般，美麗的花瓣四處飄舞。

一言主仰望天空——

「善哉！」

在這片鮮豔的色彩上灑落賜予繁榮的言靈。

五

「我爺爺閃到腰，請保佑他早日痊癒。」

當天傍晚，在放學後再度前往一言主神社的少女一臉嚴肅地合掌。

「只要稍微碰到，爺爺就會大喊大叫，真傷腦筋。我是覺得很好玩啦，但是奶奶嫌他太吵，會發脾氣，這樣爺爺很可憐。啊，還有，請保佑爸爸的私房錢別被媽媽找到。可是我覺得他藏在字典裡，一定一下子就被發現了。」

良彥等人坐在拜殿的階梯上，看著這溫馨的一幕。

「還有，常來我家的野貓黑之助，啊，雖然牠叫黑之助，但牠是母貓喔。牠的肚子裡好像有寶寶，希望牠能平安生產。還有……」

少女報告的日常瑣事，已經超越向神明許願的範圍。

「還有……之前我在這裡哭了……那時候我很難過、很傷心，心情很低落……」

少女微微降低音量說道。她說的鐵定是導致一言主繭居的那件事。

「不過，我已經沒事了。總不能永遠哭哭啼啼的嘛！」

她是在強顏歡笑？還是在說服自己往前邁進？無論為何者，她那挺得筆直的凜然背影沒有半點陰霾。

「……抱歉，讓祢擔心了。」

少女宛若在對家人傾訴似地輕聲低語。

「……妳是個堅強的孩子，既堅強又溫柔的孩子。」

拜殿的階梯上，一言主靜靜地微笑，如此說道。

剛才化為威武男神的一言主，已再度變回孩了的模樣。雖然暫時恢復原貌，但現在的一言主畢竟是力量衰退的神明。

「我就在這裡聽著。」

良彥望著對少女說話的一言主。

「我就在這裡看著。」

一言主將那天未能說出口的話語送給少女。

「隨時都歡迎妳過來。」

少女明明聽不見這道聲音，這道聲音明明傳不進少女的耳裡，但是少女突然抬起頭來，一臉詫異地豎起耳朵，並如花朵綻放一般露出笑容。

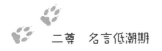

⛩

「良彥公子，請借看一下宣之言書。」

離去前，送良彥等人到境內階梯的阿杏突然心念一動，如此說道。

「朱印已經蓋好了啊……？」

剛才，一言主大神替一直被良彥遺忘的宣之言書蓋上了杜鵑花瓣形狀的朱印。朱印果然是辦完差事的證明。

阿杏從良彥手上接過宣之言書，翻開到一言主的名字所在的頁面，並伸手在杜鵑花朱印旁一揮，只見一個銀杏葉形狀的新朱印隨之浮現。

「其實只要有一言主大神的朱印就夠了，但這是我的心意。」

阿杏將宣之言書還給良彥，深深地垂下頭。

「這次真的很感謝您。」

「不客氣，能幫上忙就好……」

良彥重新看著兩個並排的朱印，身旁的黃金對他投以怨懟的視線。

「這種朱印本來是要由我親手蓋的，你卻……」

黃金仍在記恨良彥趁祂睡覺時，擅自拿祂的肉趾蓋印之事。

「沒辦法，就算我拜託祢，祢也不會蓋啊。」

「那當然！朱印是辦完差事以後，神明感到滿意的證明。我的差事還沒完成，除非你辦妥，否則就算已經蓋了印，我也不會離開！」

「這種執著是打哪兒來的啊……？」

不管祂等多久，良彥都不認為自己能夠達成讓全日本人再度重視祭神，並對神明抱持敬畏之心的任務。

「有什麼關係？在辦差事的旅途上，有個人作伴，心裡踏實多了。」

阿杏交互望著良彥和黃金，微微一笑。

拜殿上，一言主正在傾聽香客的話語，良彥已經和祂簡短地道別過了。話說回來，其實良彥早已和祂交換了電郵信箱和帳號。

「阿杏小姐。」

回程巴士的時間快到了，但是良彥放不下心，在走下通往參道的階梯之前回頭看著祂。

「……祢的身體不要緊吧？」

聽良彥這麼問，阿杏驚訝地瞪大雙眼。

「你果然也發現啦？」

正要走下階梯的黃金喃喃說道，良彥點了點頭。

「立牌上有寫……而且阿杏小姐的手很冰冷。」

位於境內的大銀杏旁，環繞這棵大樹的竹牆旁矗立的立牌上，說明樹醫的調查結果顯示大樹內部已遭腐蝕，有倒塌的危險。

「樹醫說，能夠站著已經是奇蹟了。」

阿杏淘氣地聳了聳肩。

「不過，不要緊的。只要一言主大神在，我就不會枯萎。如果祂離開這裡，不只是我，這一帶的花草樹木和動物也會因此喪命，而一言主大神並不希望這種情況發生。」

「咦？影響這麼大啊……？」

事態比想像中的更為嚴重，令良彥啞然無語。若阿杏所言屬實，一言主的一舉一動對人類的生活應該也有莫大的影響。

「沒有神，就等於土地上的太陽和水也會隱藏不見。」

黃金替阿杏補充說明。

「雖然現在力量衰退，變成那副孩子般的模樣，但是葛城的一言主大神可是名實相符的大神；若是少了祂，光靠其他留下來的眾神之力，恐怕難以維持這塊土地。」

聽到這番話，良彥忍不住望向拜殿裡的一言主。

一言主一定是明白這一點，才會留在此地。

「以後請務必再來。」

良彥對著揮手的阿杏用力點了點頭。

「好，等阿杏小姐變色的時候，我會再來訪。」

晴朗的秋日藍天在頭頂上延伸。

「終於回來啦？」

從一言主的神社歸來之後，良彥直接前往大主神社。正好結束工作、踏上歸途的孝太郎看見他，一如平時地向他打招呼，神色和平常沒有兩樣。

「我是不知道你跑去哪裡啦，可是，你已經不是小孩了，若是要在外過夜，應該先跟家裡說一聲吧？」

良彥不知該如何啟齒，含糊地點了點頭。實際上一碰面，他根本說不出話來。

「我跟伯母說你是在我家過夜，記得說詞要配合好啊！哎，不過伯母好像在妄想你是和偶然相識的女人搞一夜情。」

「……對不起。」

良彥本想解釋，結果只說了這句話。即使說出在葛城山的山麓和神明打電玩的事實，孝太郎應該只會擔心他的腦袋是否出問題。

「你真的老是讓人操心。」

「對不起。」

「哎，不過我已經習慣了。」

「對不起。」

良彥反覆說道，重新面向孝太郎。

「還有，之前那件事，我也要說對不起。」

孝太郎似乎不解其意，錯愕地眨眼。

「我說你根本不懂……真的很對不起。」

良彥低頭道歉，他認為這句話自己非說不可。

孝太郎將手插在便服的夾克口袋中，轉動視線，似乎在思索。

「……說到這件事，我也覺得自己說得太過分一點，後來想想，說不定害你誤會了……」

「誤會……？」

良彥抬起頭來，孝太郎揀選著言詞，開口說道：

「我要你多了解自己，其實是出於正面的意思。」

「正面的意思？」

「啊，你果然做了負面的解釋吧？」

孝太郎面露苦笑，繼續說道：

「我想，我們都是在強求自己沒有的東西。我的人生看起來或許一帆風順，但其實只是照著生為神社繼承人的宿命在走而已。你的人生雖然波瀾萬丈，卻能隨心所欲地生活，對吧？」

聽孝太郎這麼說，良彥略感驚訝，不禁瞪大眼睛。

良彥從不知道孝太郎是這樣想的。孝太郎看起來總是自信滿滿、沒有絲毫迷惘，原來他也曾對自己的人生感到疑惑嗎？

「雖然我們的目的地和走的路都不一樣，無法百分之百互相理解，但是，我們可以試著理解彼此。」

說著，孝太郎望向良彥。

「哎，換句話說，要不要一起去吃個飯？」

孝太郎若無其事地說道，並露出笑容。

「你請客啊。」

良彥愣了一下，忍不住噗哧笑出來。

同時，沉在他胸中的冰冷鉛錘也漸漸溶化。

一旁的黃金搖著尾巴，嘆一口氣，舉起鼻尖嗅了嗅帶著些微冷空氣的秋季夜風。

要點

神明講座 2

天津神和國津神有什麼不同？

關於天津神和國津神的區分方式，眾說紛紜，目前無法確定何者才是正確的。大致上而言，從神明的國度高天原來到人間的神稱為「天津神」，而原本就住在人間的神則稱為「國津神」。

以比較知名的神明為例，伊勢神宮的天照太御神是天津神，出雲大社的大國主神是國津神。此外，如果將天津神視為外來勢力，而國津神是原住民，那麼天照太御神的孫子邇邇芸命與大國主神之間的「禪讓」(註1)，也就令人興味盎然了。

註1：日本神話中，大國主神將日本讓給邇邇芸命，邇邇芸命之孫即為日本的初代天皇神武天皇。

三尊　龍神之戀

一

輕撫河面的春風溫柔地包覆兩人的心房。

「這樣就不必害怕了。」

男子面向猶如山脈橫臥的大蜈蚣屍骸，微微一笑。

他那身曬得黝黑的肌膚結實強健，拉弓搭箭的手臂粗大強壯。和大蜈蚣對峙時如同鬼神般勇猛的他，如今已變回穩重溫和的年輕人。

「妾該如何表達謝意呢……」

連身上的華美琉璃色打掛都相形遜色的美貌女子，擁有烏黑的秀髮及白皙的皮膚，雙頰紅如晨曦，陶醉地凝視著男子。面對替自己解決了長年的痛苦——大蜈蚣——的他，女子的胸口產生一股前所未有的悸動，遠非興奮或安心所能比擬。

「……阿華姑娘。」

不過是被他的聲音呼喚，為何會感到如此幸福？

男子靦腆又羞赧地呼喚女子的名字。

「阿華姑娘。」

如同在變暖的小河上搖盪一般，他悅耳的聲音讓女子窺見了原以為絕不可能實現的夢想。

若能和他結為夫妻——

⛩

「立刻把那個划船社趕離這條河。」

良彥正在滋賀縣瀨田川邊的某個老舊神社，聆聽神明的吩咐。

「從前，妾一直睜一隻眼、閉一隻眼，可是現在再也忍不下去了。」

經過屋簷底下只有本坪鈴（註26）、不知可否稱為拜殿的場所之後，便是被細板牆圍繞的本殿，香油錢箱也嵌在板牆裡。

註26：神社拜殿中的大型鈴鐺，有呼喚神明的作用。

不過，雖說是本殿，其實只是在注連繩圍起的樹木旁建造的一座無人小神社而已，面積甚至比黃金的四石社更小。和上個月造訪的一言主神社相比，顯得寒酸許多。

「……呃，為了慎重起見，我先請教一下。」

良彥打開宣之言書，確認第三個浮現的神名，接著再度望向眼前的女性。在剛才那句話之後，文字變得又濃又黑。

「……祢是大神靈龍王……對吧？」

本殿的碎石子地上鋪了張草蓆，這位女性就躺在上頭，用手摀著腰，一面喘氣一面惡狠狠地瞪了良彥一眼。祂的虹膜呈現深沉的藍色。

女子穿著泛黑的藏青色打掛，長長的黑髮沒有光澤，乾燥散亂；額頭上有三個看似櫻花花瓣的印記，冒著冷汗的臉龐以人類的歲數而言，大約是四十幾歲；五官雖然秀美，現在卻痛苦地皺在一塊。

「不然妾看起來像什麼！」

「閃到腰很痛的人？」

「無、無禮之徒！這才不是閃到腰！是不敬的凡人對妾下的毒手……好痛！」

勉強撐起身子的女子發出呻吟聲，良彥連忙跑上前去。

「看到龍王這個名號，我本來以為是很威風的神明……」

良彥一面替祂按摩腰部，一面嘀咕。

良彥和上個月認識的繭居族——一言主大神，依然透過遊戲和社群網站保持聯絡，而他也開始對神明產生些許興趣。昨天，宣之言書浮現「龍王」這個威風凜凜的名號，強烈地吸引他，因此他才立刻趕來，誰知道竟是個命令他趕走划船社的腰痛女子。又是想吃抹茶聖代，又是繭居族，又是腰痛，最近的神明究竟是怎麼一回事？

「龍王只是畏懼祂的凡人取的名字而已。」

黃金踩著碎石子緩緩走近，搖了搖尾巴，就地坐下來。

「祂是住在瀨田唐橋下的瀨田川龍神，或許『橋姬』這個名字凡人比較熟悉吧。」

「橋姬？」

良彥歪了歪頭。很遺憾，這個名字他並不熟悉。

「凡人原本是把橋姬當作橋梁的守護神奉祀，後來又有人將祂轉化成鬼女。京都的宇治橋下不也有嗎？那裡的橋姬正是丑時釘草人的始祖。」

「丑、丑時釘草人……？」

那不是詛咒的儀式嗎？

良彥忍不住瞥了躺在一旁的橋姬一眼，祂該不會也有這種恐怖的傳說吧？

「……爾雖是狐狸，卻有賢者之姿……」

撫腰呻吟的橋姬依然趴在地上，只轉動著眼珠仰望黃金。

「……莫非是京都的方位神？」

「正是。」

面對橋姬的疑問，黃金一臉滿意地點了點頭。

「橋姬，回到差事的話題上。祢說的划船社究竟是什麼？」

良彥五味雜陳地看著黃金又把自己這個代理差使擱在一旁，逕自詢問起差事的內容。其實良彥不介意黃金自行推進話題，只希望祂不要說到一半猛然省悟過來，又對自己發脾氣。

「容妾道來……妾真是太不甘心了！」

不知是因為腰痛還是懊惱的緣故，橋姬美貌的臉龐再度扭曲。

「那是發生在前天的事。妾從原本的龍形化為蛇形，在河邊曬太陽。」

橋姬一面接受良彥的腰部按摩，一面娓娓道出事情的經過。

「那一天風光明媚，薰風吹拂著妾的鱗片。在橫渡河面的安詳時光之中，妾忍不住感到昏昏欲睡……」

不小心在草叢裡睡著的橋姬，只覺得眼前突然一暗，隨即因為竄過背部至腰間的劇痛而驚醒。祂不知道自己發生什麼事，又痛又驚地愣在原地，後來才發現有人類的腳跨過自己。換句話說，祂正在睡覺的時候，被人類踩到了。

「妾絕不會忘記……那人的背上刻著『結城』二字，正是以河邊為據點的划船社成員。」

橋姬咬牙切齒地說道。

「換作從前，要懲罰踐踏妾的無禮之徒輕而易舉。縱使引水沒頂、五雷轟頂、牛車轢礫，也難消妾的心頭之恨。」

看橋姬的怨恨如此之深，看來祂是真的很痛。

「可是現在……現在的妾已經沒有這種力量……」

橋姬懊惱地緊咬嘴唇，垂下頭來。

「凡人早已不把住在瀨田川的妾放在心上……」

雖然祂被稱為龍王，在河邊有座神社，但祂的力量已逐年衰退。獲得精良治水技術和多元交通工具的人類，早已遺忘住在河邊的河神，早已遺忘曾有神明保護著無可取代的水源及人貨往來的橋梁要道。

受到踐踏、受到傷害的不只有祂的身體。

橋姬從喉嚨深處擠出的話語，顯得微小又虛弱。

「居然偏偏踩到化成蛇形的神明……」

良彥把撫腰呻吟的橋姬留在神社裡，來到瀨田川邊。

他記得曾在課堂上學過，瀨田川是唯一一條從琵琶湖注入海洋的河川，從前便是掌握京都命脈的交通及軍事要衝，曾數度成為戰亂的舞台。

眼前略呈弧形的「瀨田唐橋」是日本三大名橋之一，漆成橘黃色的橋梁欄杆上安放著擬寶珠（註27），和周圍的紅葉相互映襯之下，格外引人感懷。

「哦，好奇怪的扁舟。」

黃金在良彥身旁坐下，望著行駛於水面上的船。某個年輕男人乘坐的白艇船身頗長，寬度卻很窄，只能容一個人乘坐；船的邊緣兩側也很低，幾乎和水波蕩漾的水面一樣高。只見小艇配合著使用全身划動的船槳輕快地往前進。

「那就是划船社使用的船。我也不太清楚，好像是競速用的。」

每划一下槳，船身便大幅移動。良彥看著在水面上滑行的小艇，發現那名男性身穿的T恤背部，印著京都市內某個大學的校名及個人的姓氏。

「原來那是大學的划船社啊……」

良彥不知道京都的大學划船社會跑來這裡練習，不過仔細想想，這裡雖然是滋賀縣，但是從京都站搭電車只需要十分鐘左右便能抵達，做為練習場所並不算遠。

「居然有船不是為了渡河或移動，而是單為了競速而存在……」

黃金興味盎然地豎起耳朵，視線追著小艇移動。長年隱居神社的祂似乎每天都有新發現。

「話說回來，黃金，原來祢滿有名的嘛。阿杏小姐一看到祢就知道祢是誰，橋姬也一樣，一眼就認出祢是京都的方位神。聽說祢是太古之神？」

良彥之前完全不知道大主神社裡有個奉祀方位神的末社，不過，或許黃金在神明的世界裡其實挺出名的。

聽了良彥的話，黃金的視線依舊停留在河面上，略微得意地搖了搖尾巴。

註27：傳統建築物裝飾的一種，放置於橋梁或神社等建築物的欄杆上，又稱為「蔥台」。

「雖然我沒有翻天覆地的本領，但我不僅古老，掌管的又是與大地息息相關的方位。以前我也說過，在重視方位吉凶的時代，我可是倍受凡人崇敬。雖然時代變遷，我的力量逐漸衰退，只好隱居，但我還是『小』有名氣。」

見黃金特別強調「小」字，良彥不悅地看著祂。

「……對不起，是我孤陋寡聞。」

說來對小有名氣的神明過意不去，良彥在學校根本沒學過方位吉凶。

良彥從黃金身上移開視線，發現南方的河邊有棟看似會館的建築物，大大的入口面向河川敞開，裡頭是收放船艇的倉庫；從倉庫到河邊，狀似木甲板的板子緊連著石版路鋪設，以便社員搭乘浮在河面上的小艇。

「大學生啊……」

良彥望著在純白色的會館前，各自做著伸展操或在休息的人們喃喃自語。一、兩年前，良彥也一樣是學生，現在卻覺得那已是很久很久以前的事。現在他的朋友變少，除了和一言主一起玩線上遊戲以外，幾乎沒有娛樂可言；但是大學時代的他也會從事社團活動，生活過得還挺充實的。

「這麼一提，昨天才收到大學棒球社寄來的同學會明信片……」

現在的良彥沒臉大搖大擺地去參加大學同學會，所以根本沒細看，就把明信片丟進抽屜裡。就算去了，也只會抱著自卑感回家而已吧。良彥連自己膝蓋受傷、無法打球的事，都沒跟從前的同學們說過。

「踩到橋姬的就是那個人吧？」

正當良彥想像著如果自己出席同學會的驚悚故事時，黃金用參雜銀毛的前腳指著某一個男學生說道。

那名男學生剛下小艇，和一個看似社團經理的女學生在說話；肌肉隆起的手臂從短袖下露出，T恤背後確實印著「結城」二字。

看著那對男女有說有笑，大學時代的回憶突然閃過良彥的腦海。對了，那張明信片上寫的幹事姓名，正是那個女孩。

那個靦腆微笑的女孩。

良彥輕輕閉上眼睛，甩掉記憶。比起這種事，他現在更該思考的是神明交辦的差事。

「……就因為他一個人不小心，整個划船社都要負連帶責任，一起被趕走嗎？」

良彥切換思緒，短短地嘆一口氣。瀨田川沿岸是步道，就良彥所見，有人在遛狗，有人在慢跑，行人還挺多的。其實在這種地方睡覺的橋姬自己也有錯。

「不能只叫結城負責嗎？」

良彥回頭詢問黃金。不是他要袒護划船社，只是，雖然這是神明的吩咐，但他實在難以接受。如果結城誠心道歉並供奉幾張痠痛貼布，不知橋姬肯不肯原諒他？

「良彥，你對神明還是有所誤解。」

黃金瞇起黃綠色的眼眸，仰望良彥。

「在凡人看來，神是種蠻橫無理的存在，這是因為幾乎所有神明都把凡人視為『人類』整體，而非單一個體。對我而言，如果你不是差使，就和一片飄落的樹葉沒有兩樣。像一言主大神那麼呵護人類的神明是很罕見的。」

黃金清了清喉嚨，繼續說道。

「從前陷人類於恐懼之中的金龍神遇上對祂無禮的人，便會揮動七殺砍刀，殺掉那人的七個家人；如果家人的人數不足，就連鄰居都難逃一死。在凡人看來，自己根本是無辜的；但是在神看來，都一樣是『人』，並沒有分別。」

「根本是無妄之災嘛……」

良彥忍不住皺起眉頭。家人倒也罷了，只是住在隔壁就被殺，鐵定死不瞑目。

「所以橋姬才要把整個划船社趕走，而不是要結城一個人負責？」

黃金點了點頭，肯定良彥的話語。

「光是趕走他們橋姬就肯罷休，人類已經該心懷感激。若是換成橋姬仍充滿力量的時候，那幫人早就沉入河底。」

見黃金若無其事地說出這種可怕的話，良彥忍不住打顫。

「這麼說來，若是結城一個人去道歉，橋姬也不會原諒囉……」

良彥回頭望了橋姬的神社一眼。

話說回來，要將划船社趕離這條河，根本是強人所難。這不是良彥一個人能夠解決的問題，就算向校方提出要求，如果沒有正當的理由和周圍多數居民的連署，校方鐵定置之不理；而且這種事非常麻煩，良彥根本不想做。

「橋姬是要你趕走划船社。如果道歉便能了事，祂一開始就會要求對方道歉，不是嗎？」

黃金說的很有道理，良彥無言以對。

「……說的也是……」

良彥不快地說道，抓了抓腦袋。若只要說服結城一個人，他或許辦得到；但要說服整個划船社，他可就力有未逮。有沒有什麼方法能讓橋姬放寬條件？

「請問……」

該供奉痠痛貼布？還是派個英俊的神職人員來唸祝詞？正當良彥用認真的眼神眺望河面思考時，背後有道聲音呼喚他。

「你想入社嗎？」

良彥回頭一看，剛才和結城說話的那個看似社團經理的女學生佇立在身後，臉上帶著討人喜愛的可愛笑容。她穿著與社員同款不同色的藏青色T恤，胸口印著小小的「原岡」二字，齊肩的頭髮呈現微微的波浪狀。

「啊，不，不是。」

良彥連忙搖頭否定。

「我不是大學生。」

「咦？是嗎？對不起！我看你看得那麼入迷，以為……」

「不，我才該道歉，害妳誤會了。」

雙方互相低頭道歉的光景持續片刻，良彥一面苦笑，一面將視線再度移向河面。他沒想到自己會被誤認為大學生，不過感覺還不壞。

「我只是因為從前沒機會這麼近距離地看到船，所以看得出神……」

良彥含糊其詞地說道，不過這個感想並非謊言。

原岡也來到良彥身旁，望著浮在水面上的小艇。現在有一艘長艇上坐了九個人，船上的人似乎在配合彼此的呼吸，確認船槳的動作。

「那是叫做『八人單槳有舵手式』的比賽項目，由八個划槳手和一個舵手，共計九個人操縱長艇，是划船比賽中最受矚目的項目，我們大學立志靠這個項目稱霸全國。」

「九個人划一艘船啊……」

良彥望著長艇，喃喃複述。

「先生，你也有從事什麼運動嗎？」

不知情的原岡帶著無邪的笑容問道。

良彥猶豫著該如何回答，露出了苦笑。

「我以前打過棒球。」

右膝似乎隱隱作痛。

「棒球啊？那你也是九人中的一人呢。」

原岡靦腆微笑的模樣，不經意地觸動良彥的記憶深處。一直百般無聊地動著耳朵的黃金，似乎發現這個微乎其微的反應，抬起頭來望向良彥。

「原岡～」

會館前，一名社員舉起手來呼喚原岡；原岡朝著那個方向說聲「來了」，接著向良彥點頭致意之後，便立刻跑開。

二

大學時代，良彥就算去上課，也幾乎都在睡覺，但是社團活動從不缺席。當時的他精力過剩，社團活動一結束，便呼朋引伴出去玩，幾乎每晚都是如此。他曾趁著練習的空檔和大家一起烤肉，也曾在文化祭擺攤；這樣的他也交過女朋友，是當時擔任棒球社經理的嬌小女孩。

當時是對方主動告白，而良彥也注意她很久了，因此兩人立刻就開始交往。那陣子，良彥的生活重心都放在社團活動及男性朋友上，鮮少和女友兩人單獨出遊。而且，他們在社團隨時可以見面，所以平時頂多互傳簡訊，幾乎沒有出遊的記憶。

大學畢業後，由於良彥和女友在不同的公司上班，生活忙碌導致彼此的關係逐漸疏遠，最後這段感情便不了了之。

雖然她不是一個亮麗的女孩，但良彥很喜歡她靦腆的笑容——

⛩

「你想出什麼好辦法了嗎？」

在良彥的床上梳理毛皮的黃金如此問道。

良彥白天沒想出解決橋姬所交辦差事的方法，便請橋姬再給他一點時間，先行回家。從他家搭電車只要三十分鐘便可抵達神社，有事他可以立刻趕過去。

「……我還在想。」

良彥將剛才觀看的明信片放在桌上。他沒想到去幫神明辦事，竟會讓他想起前女友。雖然不知道她現在人在哪裡、做什麼事，但是從她接下同學會的幹事這一點來看，她愛照顧人的本性似乎依然未改；在這年頭仍不用電子郵件聯絡，而是一板一眼地寄明信片，這也很符合她的作風。

良彥嘆一口氣，再度轉向電腦。從瀨田川回來以後，他搜尋了不少資料，但想當然耳，完全找不到讓划船社離開瀨田川或平息橋姬怒氣的好方法。不過，用瀨田唐橋當關鍵字搜尋時，倒是搜尋到幾個刊載民間故事的網站。

「俵藤太秀鄉驅除大蜈蚣……？」

良彥把臉湊向電腦螢幕，閱讀內文。從前，某個武士受到居住於瀨田唐橋下的龍神所託，驅除了三上山的大蜈蚣。文中的龍神指的應該就是橋姬吧？

「橋姬真厲害，原來祂這麼有名，連民間故事都有提到祂。」

良彥拄著臉頰，移動滑鼠瀏覽網頁。雖然現在坐鎮在小小的神社裡，但祂畢竟是有龍王之稱的神明。

「你說的大蜈蚣，是指三上山的大蜈蚣？」

聽見良彥的喃喃自語，黃金將前腳搭在桌緣，伸長了身體。

「對，說是一個叫俵藤太秀鄉的人驅除的……這應該是虛構的故事吧？」

再不然就是驅除了一隻比標準尺寸稍大的蜈蚣，結果被加油添醋而變成這個故事。別的不說，良彥根本不認為橋姬會向人類求助。

「不，這是事實，我也聽過這件事。」

黃金把下巴擱在桌上，用鼻尖指著電腦畫面。

「這個叫俵藤太秀鄉的男人本來叫做藤原秀鄉，就是討伐平將門（註28）的人。」

「咦？」

突然冒出自己聽過的名字，良彥忍不住回頭望向黃金。

「平將門？就是那個將門？」

「對。我還以為你對歷史不熟悉，原來你知道將門啊？」

「什麼知不知道，將門在現代也很有名耶！」

良彥記得他的人頭塚就在東京，雜誌和電視上也有介紹過這個靈異景點。不過，藤原秀鄉這個名字良彥可就沒聽過了。

「聽說秀鄉是個年紀輕輕便武藝出眾的男人，橋姬應該是看上這一點，才委託他驅除大蜈蚣吧。」

聽了這句話，良彥覺得自己似乎見到一絲光明，忍不住用雙手捧住黃金的臉頰。

「這麼說來，如果是秀鄉開口拜託，橋姬或許會聽囉！」

「喂，住手，別摸我的喉嚨！」

註28：平安時代中期的關東豪族，桓武天皇五世孫，於朱雀天皇天慶二年（西元九三九年）起兵謀反，自立為新皇，但即位不到兩個月，便遭藤原秀鄉等人討伐而亡。

「祢能不能去把秀鄉找來？祢好歹是個有名的神明，去把他叫來嘛！」

「叫你別摸！你沒聽見啊！」

黃金扭動身子，從良彥的手中溜出來，像被水淋濕時一樣抖動身體。

「秀鄉一千多年前就死了！我只是區區的方位神，哪有本領把死者從幽冥喚回來啊！別的不說，為什麼我得幹這種事？這是橋姬交代你做的差事耶！」

「我就知道……」

被黃金痛罵一頓，良彥虛脫無力地靠著椅背跌坐下來。事情果然沒這麼好解決。

「再說，別忘記你還沒辦妥我的差事！我留在這裡可不是為了幫你！」

「是、是，我知道。」

「那是什麼態度！你對我總是毫無敬意……」

「啊，一言主傳訊息給我。」

「你有沒有在聽啊！」

良彥擱下大叫的黃金，開啟社群網站。

『基本上，觸怒女神的下場是很恐怖的。哎，你多加油吧。』

「……哇，一副事不關己的態度。」

看到如此簡潔的內文，良彥忍不住低聲呻吟。他本來想找一言主商量，看看有沒有什麼好方法，結果根本找不到解決之道。他是不是乾脆上網去「知識家」發問算了？

良彥聽著黃金在背後鬼吼鬼叫，嘆一口氣，再度轉向電腦，決定先搜尋藤原秀鄉試試看。

——時值深夜。

猶如從深深的水底浮上水面一般，良彥突然醒來，迷迷糊糊地仰望著熟悉的天花板。

後來，良彥終究沒找到解決的方法，只能悶悶不樂地上床睡覺。漆黑的房間中，黃金占據了腳邊的大片床鋪，袒胸露肚地呼呼大睡，臉皮可說是一天比一天厚。良彥看著枕邊的時鐘確認時間，現在正好是凌晨兩點四十四分。

「……真不吉利的時間……」

兩個四並排就不用說了，白天黃金剛提過丑時釘草人的話題，或許也是讓良彥有這種不祥感覺的原因之一。他記得丑時指的是凌晨一點到三點。

良彥壓抑發毛的感覺，翻個身打算睡回籠覺，卻聽見一陣奇怪的聲音，便再度睜開眼睛。

只聽寢室房門外傳來一陣拖行重物的聲音，除此之外，還有不時響起的衣物摩擦聲及硬物觸地聲，而且，這些聲音正從樓梯方向逐漸接近。

良彥緩緩撐起身體，望著寢室的房門。這個時間家人都已經就寢，讀大學的妹妹也說睡眠不足是美容的大敵，鮮少在這種時間醒著。

「……什麼東西？」

原本睡得迷迷糊糊的腦袋頓時清醒，良彥盡可能地壓低聲音，悄悄下床，拿出放在床底下的球棒。他本來以為自己再也沒機會握球棒，沒想到會拿來當武器使用。

「……怎麼了？」

黃金被良彥的動作吵醒，一面打呵欠一面問道。良彥豎起食指，示意祂安靜，並用下巴指了指房門。

「外面有人。」

良彥簡短地說明，慢慢逼近房門。是可疑人物？或是小偷？如果只是物品上的損失倒還無妨，若是連家人都遭到毒手，那可就無法挽回。然而，在門前豎耳傾聽的良彥，突然開始懷疑這真的是人類的腳步聲嗎？

如果是腳步聲，聲音應該更小才對，這顯然是拖行時的衣物摩擦聲。還有，時而傳來的堅硬喀茲聲又是什麼？

「……指甲。」

下了床的黃金宛若看穿良彥的心思一般，如此喃喃說道。

「這是指甲抓地的聲音吧？」

「咦……」

一想像那幅情景，良彥全身的雞皮疙瘩都冒出來。

爬行。

有東西在地上爬行。

用指甲抓著地板，一步一步地拖動身體。

「……是……人類嗎……？」

現在是丑時，正是妖魔鬼怪猖獗的黑暗時刻。

黃金沒有回答啞著聲音詢問的良彥，而是凝視著房門，沉吟不語。

衣物摩擦聲在良彥的房門前停下來。

隔著一扇門對峙的緊張感油然而生。

良彥發現自己握著球棒的手在發抖。他的雙手已然僵硬，即使想鬆手也無法動彈。

「……這是……」

黃金小聲地喃喃說道，但是良彥沒聽見。

不久後，門把慢慢轉動，門無聲地開啟。

黑暗中浮現的是抓著地板、僵硬蒼白的手。

散亂的長髮蓋住臉，從頭髮縫隙間露出的眼睛滿布血絲，仰望著良彥。

「呃啊啊啊啊啊啊有鬼啊啊啊啊啊啊！」

良彥無法揮落緊握的球棒，只能放聲大叫。

「為什麼我們家會鬧鬼！我又沒看什麼詛咒影片！」

見狀，黃金冷靜地制止陷入混亂的良彥。

「良彥，冷靜點，看仔細。」

「我看了啊！我已經在看了！是說不看不行喔！」

面對因為過於恐懼反倒開始發怒的良彥，黃金啼笑皆非地嘆一口氣。

「那不是鬼，是橋姬。」

「橋……咦…………橋姬？」

稍微恢復冷靜的良彥低下頭來，發現從散亂黑髮的縫隙間，可看見額頭上的花瓣狀紅印。

仔細一看，那身和服也很眼熟。

「……小子，你把妾錯認成什麼……」

橋姬上氣不接下氣地瞪著良彥。

「祢、祢用這種方式出現，不管是誰都會看錯吧！」

「妾忍著腰痛來到這裡，你居然如此無禮！」

「呃，可是……」

良彥正要繼續辯解，突然有道黑影映入視野。他抬起頭來，下一瞬間，比看見橋姬時更加強烈的顫慄竄過全身。

「可是個屁啊……」

從自己房間走出來的妹妹身穿睡衣，用因為起床氣而加倍凶狠的眼神瞪著良彥。

「閉上嘴巴滾回去睡覺啦！白痴老哥！」

「真是個凶神惡煞的妹妹啊。」

黃金望著關上的房門，喃喃地說出感想。

「關於惡煞這部分，我很有同感。」

良彥猛向妹妹道歉，好不容易將她請回房間，才把橋姬扛到床上，讓祂躺下來。只要稍微挪動橋姬，祂便連聲喊痛，所以良彥只好盡量將動作放輕。

「話說回來，祢怎麼跑來了？既然腰在痛，就乖乖待在神社裡啊。」

莫非橋姬是從神社一路爬來這裡？良彥還以為神明能夠飛天遁地、瞬間移動呢。

「那個划船社的結城又幹了見不得光的事！」

橋姬搗著腰，不悅地皺起眉頭。

「妾饒不了他！妾實在是氣過頭，一回過神來，才發現自己正在前來你家的路上，好幾次都差點被那個叫汽車的玩意兒輾過……」

「祢果然是爬來的……」

「別說這個了，你還沒想出趕走划船社的方法嗎！」

面對橋姬來勢洶洶的質問，良彥一時語塞。他總不能說他想不出辦法，索性悶頭大睡吧。

「趕人的方法還在審慎思考中……」

從門前走來的黃金在床邊坐下，代替良彥問道：

「話說回來，祢說凡人又幹了見不得光的事，是什麼？」

聽到這個問題，橋姬垂下眼來，緊咬嘴唇。

「…………了。」

「咦？」

良彥沒聽清楚，再度反問，橋姬則帶著凶狠的眼神抬起頭來。

「接吻！那個叫結城的男人和那個女經理在妾的神社前接吻了！」

聽到這句話，良彥因為另一種意義而瞪大眼睛。

「哦？原來那兩個人在交往啊。」

「這種事不重要！」

橋姬伸出左手揪住良彥的胸口。

「這是很嚴重的問題！不但踩了妾，還在神聖的神社前接吻！」

「男女接吻是很平常的事啊。」

良彥無奈地嘆一口氣。這種事有什麼好大驚小怪的？他自己也和社團經理交往過，擁有同樣的經驗。

「你居然說這種傷風敗俗的話！男女幽會應該要含蓄……」

「橋姬。」

正當橋姬用從那條瘦小的手臂難以想像的力氣搖晃良彥時，黃金平靜地問道：

「堂堂大神靈龍王，居然對凡人的一舉一動吹毛求疵，未免太奇怪了吧？誰會在意從天而降的雨滴落向何方？」

「這、這個嘛……」

良彥感覺到橋姬的手鬆開，便悄悄扳開祂的手。他望著無法反駁的橋姬說道：

「呃，我看了俵藤太秀鄉驅除大蜈蚣的民間故事。」

聽到這句話，橋姬微微屏住呼吸。

「俵藤太秀鄉之所以受託驅除大蜈蚣，是因為他踩到變化成蛇的橋姬，對吧？」

看了這個故事，良彥感到很納悶，因為這個故事和這回的狀況十分相似。

然而，當年橋姬看中俵藤太秀鄉的膽識，委託他驅除大蜈蚣，現在對結城卻是恨意十足，甚至要趕走整個划船社。

「祢那麼生氣，真的只是因為結城踩到祢嗎？」

面對這個問題，橋姬沒有正視良彥，而是緩緩嘆一口氣，宛若在強忍痛楚一般，而且祂的眼眶微微濕潤。

「……好懷念的名字啊……」

橋姬喃喃說道，接著緩緩道出當年的故事。

「當年，在水神之中以美貌聞名的妾，廣受日本的天津神及國津神追求……」

良彥覺得祂似乎有些自賣自誇之嫌，但還是默默聆聽下去。

「某一天，三上山的醜陋大蜈蚣看上妾，每晚都來唐橋，逼妾嫁牠為妻。要和吃盡琵琶湖的魚蝦、作威作福的大蜈蚣結為夫妻，妾實在無法答應……」

橋姬憶起當年，搖了搖頭。

「既然祢這麼不願意，自己趕走牠就好啦？」

良彥坐在椅子上，手肘抵著桌面，掌心拄著臉頰。橋姬貴為龍王，要趕走大蜈蚣應該是易如反掌的事。

聽良彥這麼說，橋姬瞥了他一眼，嘆了口氣。

「你真是個不懂女人心的男人。」

「女人心？」

「厭惡追求自己的男人就親自趕跑他，豈不是自損身價？女人總是希望有強悍的男人保護自己。」

面對橋姬啼笑皆非的眼神，良彥無法反駁，只能撇開視線。原來神明在這方面的想法也和人類一樣？轉移的視線前端，正好是沒收回抽屜的同學會明信片，令良彥的心頭猛然一跳。

「說歸說，若要拜託對妾有意的神明，又不太妥當。如果開口請託，妾就得和那尊神結為夫妻了……」

「所以才找上人類？」

橋姬緩緩點頭，肯定黃金的話語。

「而且大蜈蚣討厭人類的唾液，這麼做正可謂一舉兩得。凡人之中也有膽識卓絕的武人，只要拜託這種人，事後再相贈神寶答謝即可……」

於是，橋姬化為大蛇，躺在瀨田唐橋上。許多人見到祂，怕得不敢過橋，只有一個人毫無懼意地踩過大蛇渡橋離去，那人正是藤原秀鄉。

「秀鄉少俠是個宅心仁厚的人，他端出熱騰騰的菜餚慰勞當夜到訪的妾，聽聞妾的遭遇之後，更是深表同情。雖然妾表明自己是故意被踩的，他卻說踐踏神明是大不敬，一再低頭賠罪，還問妾有沒有傷著身子。」

當時是橋姬頭一次接觸「人類」。

過去祂在瀨田川的水流之中看過許多人，然而對祂而言，人類與隨著季節改變溫度的微風無異。當時的祂受到比現在更為豐厚的奉祀，也比現在更受到敬重，但那是祂頭一次與單一人類促膝長談。

橋姬稱讚秀鄉膽識卓絕，秀鄉一面自謙，一面露出困擾的笑容。見到他的笑容，不知何故，橋姬心頭一陣紛亂。

然而，當時的橋姬假裝沒發現這股情感。

「秀鄉少俠一口便答應妾的請託，並大展神威，除掉三上山的大蜈蚣。他的勇敢、他的俊美，沒有任何事物能夠比擬。他那拉弓搭箭的結實手臂，凝視前方的目光，沿著臉頰滑落的汗水，對妾而言都是特別的……」

當時秀鄉奮戰的模樣，橋姬至今仍然能夠鮮明地描繪出來。

從秀鄉搭箭瞄準目標時的表情、身上穿的衣服顏色，到拉弓時的指尖形狀。

那確確實實是場搏命之戰，橋姬卻希望能夠永遠持續下去。

「……打倒大蜈蚣之後，妾按照約定，將一族代代相傳的神寶贈予秀鄉少俠，秀鄉少俠則再度投身於人世間的戰亂之中……妾好幾次都想去找他，可是身為龍王，又豈能輕易登門拜訪……後來，聽說秀鄉少俠就像多數凡人一樣，娶妻生子了……」

橋姬喃喃說道，輕輕地垂下臉龐。

「被結城踩到的時候，當時的記憶不期然地復甦。連同當年貌美年輕、充滿力量的妾說不出口的話語，還有視凡人如風雨的神明絕不可求而封印在心底深處的感情……」

說著，橋姬用雙手摀住臉龐。

「打從被結城踩到的那一天起，當年未能一吐衷情的後悔之情便不斷萌生，使得妾的鱗片變得黯淡無光。如果當年妾說出自己的心意，也不至於如此思念欲狂……」

即使神人殊途，只要跨越那道高牆。

說出那句話。

說出「妾對您一片痴心」——

「若非結城踩到妾，這股感情也不會迸裂。若非那小子踩到妾……那小子的眼神和秀鄉少俠有幾分相似，更教妾惱恨！只要那個踩了妾的凡人離開那條河，妾便能恢復安穩的生活！」

聽完橋姬的告白，良彥緩緩地吁了口氣。

「原來是這麼回事……」

良彥這才恍然大悟。

橋姬憎恨結城及羨慕愛侶的心情，他都能夠理解。

良彥瞥了桌上的明信片一眼。當時沒有明確道別，就這麼拖到今天，或許那女孩也和橋姬一樣，懷抱著說不出口的情感。還沒聽她說出內心話便和她疏遠，全是因為自己太小家子氣。當時的自己沒有面對她的時間和餘裕，但這終究是藉口，其實他只是怕麻煩而已。

良彥搖了搖頭，甩去那女孩重現於自己腦海中的笑容。

只要一句話就好，如果能夠說出彼此的心意，或許他們的關係會有所不同。

「若是神代倒也罷了，沒想到近在千年之前的時代，居然還會有神明愛上凡人……」

黃金搖搖頭，宛若在感嘆世風日下。

橋姬百感交集地嘆一口氣。

「妾也知道這樣很可恥……所以從未說出口……」

「可恥？一點也不可恥啊。」

良彥忍不住插嘴，黃金和橋姬對他投以狐疑的視線。

「你聽了剛才的故事，不覺得匪夷所思嗎？你覺得神與人之間的愛情有可能成立嗎？」

黃金問道，良彥依然拄著臉頰，俯視那雙黃綠色的眼睛。

「能不能成立姑且不論，但橋姬愛上秀鄉不可恥吧？為什麼愛上一個人會是種羞恥？」

聽了這句話，橋姬抬起頭來。

「只不過對方碰巧是人類吧？愛情本來就是不由自主的。如果由得自己作主，我也……」

接下來的話，良彥含糊帶過了。

如果由得自己作主，或許現在那女孩還在自己身邊，又或許，良彥會選擇其他更能陪伴自己的異性。
不過，這樣還叫愛情嗎？
正因為不由自主，人才會戀愛，不是嗎？
良彥在心中努力尋找言詞。
「我覺得愛一個人，是一種幸福……」
如果那個人也愛上自己，就可稱之為奇蹟了。
橋姬張開嘴巴，欲言又止地垂下視線。
「……如果人類愛上雨滴或樹葉，你也覺得那是對的嗎？」
黃金啼笑皆非地仰望良彥。
「你根本不懂嘛！黃金。」
良彥一面打開抽屜找東西一面說道。他早就覺得黃金食古不化，沒想到嚴重到這種地步。
「心不是按照道理在動的。」
聽了這句話，黃金雙耳後仰，閉上嘴巴。
「不過，雖然我可以體諒橋姬的心情……」
站在結城的立場，這仍然是場無妄之災。

該怎麼做，才是對神與對人而言的最佳選擇？總不能把秀鄉從地府叫來，讓橋姬對他傾訴心意吧。

「今天先睡覺，明天再想吧。」

枕邊的時鐘已經指向凌晨三點半。在這種大半夜裡，就算想破腦袋也想不出什麼好辦法。

良彥一面克制呵欠，一面將抽屜裡找到的東西遞給橋姬。

「這是……？」

橋姬接過，一臉詫異地仰望良彥。

「痠痛貼布。我膝蓋受傷的時候，別人給我應急用的。祢拿去貼在腰上吧。」

說著，良彥看向動彈不得的橋姬。

「還是要我幫祢貼？」

但如果要幫祂貼，就得請橋姬先脫掉那身和服。

「你、你在想什麼！無禮之徒！」

橋姬察覺良彥的心思，連忙喝止。

「說的也是。」

良彥並不是心懷歹念才這麼問。他深深地點了點頭，就此打住話題，然後拿下床上的毛毯，把坐墊當成枕頭，在地板上躺平。

「晚安～」

這樣睡或許會有點冷，不過應該過得去，畢竟他總不能讓傷患睡地板。再說，他想東想西的，已經累到腦袋快爆炸的地步。

黃金嘆了口氣，把鼻尖埋在尾巴根部，在良彥腳邊縮成一團。在鼻息聲逐漸響起的房裡，只有橋姬仍然凝視著手上的貼布，久久不放。

三

就黃金所知的漫長歷史中，人類一再征戰，爭奪霸權；在人類文明孕育、發展的背後，有許多人成為犧牲品。祂一覺醒來之後，熟悉的氏子已然不在人世，換成新的氏子前來參拜。人無法停留在人世，總是不斷流動，從出生的那一刻便註定死亡，和久遠存在的神可說是處於完全不同的世界。至於人世，不過是兩個世界的交叉點而已。

在神與人的界線仍然模糊的神代，曾有不少神人結合的軼聞；不過，如今這道界線已經深得無法填平。

心不是按照道理在動的。

黃金想起這句話，突然睜開眼睛。

陽光從窗簾縫隙間射入，早晨已然到來。一旁的良彥裹著毛毯，天真無邪地發出鼻息聲。

方位神可說是用道理構成的。

黃金掌管了包含吉神、凶神在內的十幾尊神明，降禍給侵犯方位者，可說是方位之首。吉方位和凶方位會隨著年分、特定的日子及神明等排列組合而改變，如果沒把這些基本規則全都記在腦中，便無法進行避凶趨吉的儀式。站在黃金等神明的立場來看，其實手段不必如此複雜，但是人類遇上不幸或災厄時總是想要一個理由，所以把手續變得越來越繁複。因此，在稱為平安的時代，是由這方面的專家——陰陽師來處理這些手續。

良彥說心不是按照道理在動的，黃金卻是依循道理存在至今，並利用道理在人心烙印對神的敬畏。

黃金坐起身子，打直前腳，伸了個懶腰。

「……祢會認床啊？」

聽了黃金的問題，床上的橋姬略微扭動身子。

「……不是……只是在想事情。」

橋姬整晚都看著手上的貼布。

「方位神啊，妾是要求這個差使趕走划船社，他為何給妾貼布？」

良彥在地板上翻個身，腦袋「叩」一聲從坐墊上滑下來，然而，他並未因此醒來，依然縮著身子在睡覺。他的脖子後方有條綠色的緒帶，與桌上的宣之言書相連。

「……他為何一副理所當然的樣子把自己的床讓給妾？」

橋姬低聲說話，以免吵醒良彥。

「因為妾是神？還是因為妾可憐？」

「……不，兩者皆非。」

黃金看著睡在地板上的良彥，搖了搖頭。

「只不過是因為這小子想這麼做罷了。」

如果套用他的說法，應該是這麼說的吧。

這不是可以用道理說明的。

「……人類都是這樣嗎？」

橋姬依然躺在床上，如此問道。黃金就地坐下，長長的尾巴在腳邊捲起。

「我也是最近才剛出神社，認識的人不多，不敢斷定人類是否都是這樣……」

黃金動了動雙耳，似乎在思索。

「不過，雖然只是代理，或許他被選為差使也是有理由的。」

然而，這種說法，也許只是祂自己的另一套道理。

窗外傳來通知早晨到來的鳥鳴聲。

⛩

「從前，將天照太御神遷離宮中時，是由兩名皇女背著女神，遊走各國，尋找適合女神坐鎮的土地。」

在石山站下了電車之後，只需步行十幾分鐘，便可抵達橋姬的神社所在的瀨田唐橋。

「……所以呢？」

良彥暫時停下腳步，一面調整包包的位置，重新背好橋姬，一面不悅地俯視在腳邊講古的黃金。

「比起要走好幾年的皇女，你才走幾分鐘的路程，又沒什麼大不了。」

「不要把古代人和我這個膝蓋受傷的現代人相提並論行不行？再說，這哪是幾分鐘啊？我從家裡一路背到這裡來耶！」

「路上幾乎都是搭電車吧？」

「祂說一坐下就會痛，所以我還是一直背著啊！祢光顧著看窗外，或許沒發現。」

而且今天似乎有低氣壓接近，剛出家門時還好，現在風勢越來越強了。良彥看見有些店家開始將放在外頭的招牌和商品收入店內，路上的行人也都冷得縮起身體，頭髮和衣服不斷被風吹襲，舉步維艱。

「你現在可是背著身為龍王的妾，不能走得更抬頭挺胸、強而有力一點嗎？你好歹是差使啊，脖子上這條緒帶是假貨嗎？」

「啊，喂，不要拉啦！會癢耶！」

只有嘴巴生龍活虎的橋姬在良彥背上呼來喝去，但良彥把祂的話當成耳邊風，盡量選擇人少的道路行走。

「而且背後傳來的貼布味好重……」

「是你叫妾貼，妾才貼的。有什麼問題嗎？」

「不，沒問題，完全沒問題。」

良彥不悅地回答，朝神社邁進。他本來以為天亮以後，橋姬會自行回去，誰知祂居然說怕又不小心被人踩到，要求良彥送祂回去，結果演變成這個狀況。差使的工作也包含照護神明在內嗎？

「風神在喚雨，看樣子會變天。」

終於抵達唐橋了，橋姬在良彥的背上仰望天空，良彥也跟著仰望，只見天空確實烏雲密布，隨時可能下雨；而且風勢比剛才強，在沒有遮蔽物的橋上，如果不抓住欄杆，根本無法行走。吹來的風又冰又冷，支撐橋姬的手幾乎快凍僵了。

「好痛……我休息一下。」

走過唐橋，在距離神社只剩一點路程的步道上，良彥暫時停下腳步。由於天氣陰冷，導致他的右膝格外疼痛。

「只剩一點路而已，靠著毅力走完啊。」

「嘴巴像把機關槍，卻說自己走不動，我實在無法接受……」

正當良彥隔著背部和橋姬說話時，黃金的耳朵突然動了動，並迅速回過頭。

「黃金？」

良彥循著祂的視線望去。

只見划船社的社員們三三兩兩地從會館內跑出來，在河岸上凝視著河面。河面在強風吹襲之下掀起白浪，風聲震耳欲聾；現在良彥停住腳步，更是感到冷得刺骨。

「……那是船嗎？」

良彥望向社員們的視線前端，只見波濤洶湧的河面上有一艘白色小艇載沉載浮，卻不見有人坐在船上，反倒是有個男人從水中露出頭和手，正拚命抓著船緣。

「那是……」

良彥背上的橋姬喃喃說道。雖然距離甚遠，但良彥也覺得那張臉有點面熟。

「結城！」

社員們紛紛呼喚那人的名字，還有人慌慌張張地撥打手機，大概是在求援。看來是瞬息萬變的天候招來了不測。

「看起來不太妙耶……」

良彥說出胸中不祥的預感。

現在是十一月中旬，又是這種天氣，水溫想必很低；在這種狀態下，濕透的身體持續遭強風吹襲，體力消耗之大可想而知。事實上，可見抓著小艇的結城已經疲軟無力，一動也不動。由於風勢太強，他既無法重新坐上小艇，也無法抓著小艇返回岸邊。

「裕康——！」

在拍岸水波的飛濺之下，經理原岡大聲哭喊。

有社員搬出其他小艇，試圖前往搭救，但是被周圍的人慌忙制止。畢竟現在下水，可能會造成雙重遇難事件。於是社員們改為丟出浮具和繩索等救難工具，卻被強風吹回岸邊。話說回來，即使是在一般的天候下，良彥也不認為從岸上可以把那些東西丟到位於寬廣河面中央的結城身邊。

「喂，黃金！不要光顧著看，幫幫忙啊！」

雖然結城對他並沒有任何恩情，良彥還是忍不住轉頭向黃金求助。就這麼見死不救，他良心不安。

「我是方位神，水不在我的管轄範圍內。再說，這裡也不是我的地盤。」

黃金望著河面，冷淡地說道。

「這條河是大神靈龍王的住處。」

聽祂這麼說，良彥正要回頭看向背上的橋姬，卻發現橋姬的重量消失了。

「咦、咦？」

背上的橋姬消失無蹤，良彥連忙環顧四周，只見原本空無一人的黃金身邊，突然出現橋姬的身影。

「為什麼？而且是站著的！」

目睹橋姬用自己的雙腳穩穩站立，良彥五味雜陳地叫道。聽見這句話，橋姬轉過上半身。

「你很囉唆耶，良彥。」

橋姬的黑髮翻飛，虹膜時而閃動青光的眼眸捕捉住良彥。見到這般色彩，良彥一瞬間忘記呼吸，隨即又回過神來，訴之以情：

「隨便祢要怎麼說我都行，快點救救他！」

「為什麼？」

橋姬立即反問，良彥一時語塞。

「為什麼妾得救他？這種天氣裡，有人滅頂不是什麼罕見的事。誤判風勢，是那小子自己的責任。」

「可、可是，祢也曾向秀鄉求助過吧！」

「妾已經相贈神寶，還清了恩情。要求更多，未免太貪得無厭。」

良彥正想反駁，黃金的話語卻在腦海中復甦。

對於神而言，凡人就和一片飄落的樹葉沒有兩樣。

「如果觸目所及的人都要救，人世的秩序便會大亂。打從出娘胎的那一刻起，人就步步邁向死亡，只是時間早晚的分別。若是精靈或祖靈倒也罷了，身為龍王的妾插手管這等事，可是違背天理。」

橋姬的臉龐美得直至冷酷的地步，代表神明的紅印在祂的額頭上綻放。

「別忘了，良彥，對於凡人而言，神是蠻橫無理的。」

聽見這句冷淡的話語，良彥無言以對。

對峙的雙眼中綻放出強烈的光芒。

愕然回望橋姬的良彥再度將視線移往河面，看著要不了多久便會氣力耗盡、沉入河中的結城。只見他跟著船緩緩漂向下游，但早已聯絡的救難隊至今仍連個警笛聲都沒聽見。在強風吹襲之下，波浪高高捲起，即使正常游泳，被河水沖走的可能性依然很高；至於沒受過任何訓練的一般人，自然更不用說。

……不過。

即使如此──

「……算了，我自己去。」

良彥做好覺悟，將郵差包從肩上拿下來。

「住手，你去了只是一起滅頂而已。」

「可是我不能就這樣一聲不吭，袖手旁觀啊！」

良彥不悅地反駁黃金，脫下連帽外套。瞬間，冰冷的風透過薄襯衫接觸身體，良彥忍不住縮起身子。在這種天氣泡水，其實他連想都不願想像，即使如此，他還是抬起頭來，面向眼前的河面。

「……有時候，行動是勝過道理的！」

當良彥宛若在說服自己似地如此大叫，拔足疾奔之後——

「沒錯。」

回覆他的是句簡短的肯定。

「對……咦？」

良彥正要衝下通往河面的階梯，又跌跌撞撞地回過頭來。

與他四目相交的是好整以暇地凝視著他的碧眼。

「像剛才那樣盡說大道理，妾也有點膩了。」

良彥笨手笨腳地穩住身子，橋姬則是啼笑皆非地望著他，嘴角微微露出笑意。

「心不是按照道理在動的，對吧？」

「橋姬……」

會館前，原岡並未發現良彥的獨角戲，拚命呼喚著男友的名字；即使被風聲掩蓋，她仍想奮力傳達給他。

橋姬的視線從這幅光景移向河面，帶著自嘲的口吻說：

「方位神啊，爾可會取笑妾？」

身穿褪色和服的祂用不再年輕的聲音問道。

「若妾說，那呼喚情郎的聲音打動了妾的心，爾可會取笑妾胡言妄語？」

黃金沒有回答。

但是，也沒有責備祂。

下一瞬間，橋姬的身影如煙霧一般消散，接著，良彥看見瀨田川上空出現一條琉璃色的龍，同時，灰色的天空落下大滴雨珠。

突然出現的龍比唐橋更粗，鱗片比良彥的手掌更大；生在臉頰兩側及下巴的長鬚搖啊搖的，四隻巨大的手指及利爪能夠輕易把人捏碎，額頭上則有著花瓣狀的印記。

那聰慧的眼神毫無疑問，正是橋姬。

「大神靈龍王！」

在雨水的拍打下，良彥無意識地說出這個名字。

守護瀨田川，守護唐橋，如假包換的水神。

那壓倒性的姿態教人雙腳發抖，忍不住跪地膜拜。

琉璃色的龍緩緩在周圍盤旋，又突然仰望灰色天空，呼喊似地吼了一聲。震動空氣的低音咆哮，讓良彥冒起雞皮疙瘩。

隨後，狂風逐漸轉弱；見狀，龍又緩緩潛入水中。

浪潮隨風靜止，無助地漂浮在水面上的白艇，在龍的身影消失於水中的同時，和結城一同緩緩地乘浪漂向岸邊。社員們發現了，慌忙丟擲繩索，試圖拉他上岸。

「好厲害……不愧是神明！」

良彥興奮地喃喃說道，並趕忙奔向現場，看看自己能不能幫上忙。

「胡言妄語啊……」

黃金聽著人類的喧譁聲，眺望水面，喃喃說道。

不久後，救護車的警笛聲從大馬路傳來了。

四

良彥目送平安從河裡獲救的結城被送上救護車之後，與黃金一同拜訪橋姬的神社。結城雖然虛弱無力，不過看他還能和原岡說話，大概沒有生命危險。他很年輕，又有體力，應該很快就能復原。

「話說回來……好冷。」

被雨淋成落湯雞的良彥微微發抖，連打兩個噴嚏。結城獲救是件可喜的事，可是到頭來，良彥不但沒幫上半點忙，反而搞得自己快要感冒。現在雨勢漸漸變小，似乎快停了；但就算雨停，他也沒有衣服可換。

從龍形變回人形的橋姬，啼笑皆非地看著又打了一個噴嚏的良彥。

「真是的，凡人就是如此軟弱。」

已經可以自行站立的橋姬，輕輕戳一下良彥的額頭，同時，良彥的衣服宛若變成水龍頭一般，大量的水流向地面。

「哇！這是什麼？」

良彥踏穩腳步，環視自己的衣服，隨即發現衣服全乾了，剛才還滴著水的頭髮也變得和平時一樣輕柔飄逸。
「妾把多餘的水分從你的衣服和身體表面移除，沒什麼好大驚小怪的。」
橋姬無視手足無措的良彥，冷靜地說道。
「……祢幫我烘乾了？」
「傻問題。看了不就知道嗎？」
橋姬短短地嘆一口氣。
良彥摸了摸被戳的額頭，重新檢視自己的衣服。若是身為水神，要辦到這種事簡直像是家常便飯一般簡單嗎？
「謝、謝謝……」
良彥乖乖地道謝。現在手邊連條毛巾都沒有，老實說，他真的很感激。
「……話說回來，祢的腰是什麼時候治好的？貼布也太有效了吧？」
良彥開口詢問一直耿耿於懷的問題。早上橋姬明明還說祂走不動啊。
「對神而言，人的『心意』是比貼布更有效的良藥。」
「心意？」
「你關心妾而送出自己的貼布，就是一種心意。打從接過貼布的那一刻，妾腰上的疼痛便消失了。」

聽完橋姬告知的事實，良彥不禁睜大眼睛。

「咦？這麼說來，今天早上祢已經復原到可以自己走路的地步嗎？」

不知道是誰說祂的腰還會痛，要良彥背祂的？

面對啞然無語的良彥，橋姬爽快地點頭。

「可以這麼說。」

「祢不是一直喊痛嗎？原來那是在演戲？為什麼我得一路背著祢來到這裡！」

不知黃金是不是早已發現，從剛才就一直撇開視線，不往這個方向看。這兩尊神是串通好的嗎？

「又有何妨？妾不想再冒著被車輾過的危險。再說……」

「再說？」

良彥嚴肅地反問，橋姬滿不在乎地說道：

「這樣輕鬆多了。」

良彥虛脫無力，當場跪倒在地。他可不是人肉計程車耶！但對方是神明，而且剛剛救了人，他不好反駁。

「你忘了嗎？良彥。」

黃金對苦悶的良彥曉以大義。

「神是蠻橫無理的。」

「不，這哪叫蠻橫無理啊，只是占人便宜吧！」

要耍蠻橫，能不能用他可以接受的方式？

橋姬無視大聲吶喊的良彥，從他的郵差包中搶走宣之言書，並和阿杏一樣，將手罩在大神靈龍王的神名上。

看見橋姬這麼做，良彥雖然滿心不悅，還是開口詢問：

「……我還沒趕走划船社，沒關係嗎？」

雖然自己意外受騙，但差事畢竟尚未辦妥。

橋姬對如此詢問的良彥嘆了口氣。

「算了。就算把他們趕離這條河，也難掃妾心中的陰霾。爾讓妾想起了這件事。」

橋姬移開手後，只見毛筆字之上浮現與祂的額頭上相同的朱印。

「愛上凡人，是妾的罪過；未能表明心跡，是給妾的懲罰。不過，妾大概永遠忘不了秀鄉少俠吧，只能與未能表明心跡的痛苦一起活下去。」

橋姬自嘲地笑著，遞還宣之言書。黃金在兩人不遠處搖著尾巴聽祂說話。

「不過這樣也好，若是忘記，反而可怕。遺忘妾心中萌生的那股溫柔安詳的淡淡感情……太痛苦了。」

良彥想著在這座小神社裡孤單度日的橋姬。憶起愛上一個人的溫柔情感，或許能讓祂暫時遺忘孤獨。

「再說，爾不也說過嗎？」

橋姬抬起頭來，再度望著良彥。

「愛一個人，是一種幸福。」

如今微笑的橋姬，似乎與祂過去年輕貌美時的模樣重疊，良彥不禁瞇起眼睛。

「既然如此，妾便懷抱著這種幸福活下去吧。」

那雙顏色如水一般深沉的眼眸，或許正透過良彥看著祂心愛的男人。

「……呃，有件事我還沒徹底調查過，不確定該不該說……」

良彥接過宣之言書，略微遲疑一會兒才開口說道。

「雖然討伐平將門之後的藤原秀鄉下落不明，不過，聽說他有很多子孫……其中有一族改姓『結城』。」

這實在太過巧合，發現此事的時候，良彥忍不住重看螢幕上的文字好幾次。

「不過就我所查到的，擁有秀鄉血統的結城一族在江戶時代又改了姓，所以划船社的結城是不是秀鄉的子孫很難說……可是，並不是所有歷史都留有紀錄……」

聽到良彥這番出人意表的話語，橋姬頓時瞪大眼睛。

「難道說……那個人是秀鄉少俠的……？」

橋姬把手放在胸前，好讓自己冷靜下來，視線卻不斷游移。

「不，就算他不是……是嗎……秀鄉少俠的子孫或許尚在人世……」

橋姬把所有心思都放在秀鄉本人身上，事隔一千多年，完全沒想過要追查他子孫的下落。

或許這個不知名也不知生得什麼模樣的子孫，明天會經過唐橋。或許他下個月會造訪這條河，或許他一年後會來參拜這座神社。

秀鄉的血脈代代相傳，直到未來。

「我不知道該怎麼說才好，不過，祢不必忘記秀鄉，也不必覺得愛過他很可恥。」

在日常瑣事的影響下，良彥的戀情也逐漸成為過去式。回憶當時，悔不當初的事情很多，但是良彥並未後悔和那個女孩交往。

「或許路過這座瀨田唐橋的人類之中，會有秀鄉的子孫——這麼一想，祢的心情應該會好一點吧？」

或許那個女孩已經交了新男友，又或許她將來會結婚生子、成為母親。

然後，她生下的孩子，又會和某人墜入愛河。

「是啊……保佑所愛之人的子孫，是永生的神明才有的特權。」

橋姬的笑意變得更深。

聆聽兩人說話的黃金突然把鼻尖轉向天空。

厚厚的灰色雲層逐漸變薄，陽光從雲縫之間灑落。

「……良彥，妾允許爾喚妾的名字。」

橋姬對著把宣之言書收進包包裡的良彥緩緩說道。

「名字？我已經在叫了啊，橋姬。」

「那是凡人自行取的，是橋梁守護神的名字。」

「咦？不然是什麼？大神靈龍王？」

「也不是。」

橋姬搖了搖頭。

接著，祂略微羞赧地撇開視線說：

「妾、妾的名字……叫阿華。妾額頭上的印記像花瓣，所以他這麼叫我……」

他說龍王這個名字不適合楚楚可憐的祂。

橋姬原本不希望他以外的任何人如此稱呼自己。

「阿華？」

良彥反問似地喚了一聲，接著露出笑容。

「這名字挺不賴的嘛！」

在露出雲層間的秋陽照耀之下，阿華雙頰泛紅，開心地笑了。

要點

神明講座 3

橋姬是什麼樣的神明？

橋姬原本是橋梁的守護神。由於祂是女神，久而久之便多了「善妒」之名；受到這種說法的影響，與守護神無關的悍妒鬼女也被稱為橋姬。

其中最有名的便是宇治的橋姬，她還活著時已化為鬼怪，凡是她嫉妒之人的親朋好友，她都不分青紅皂白地殺個精光。這種為了化成鬼怪而進行的詛咒儀式，據說便是丑時釘草人的原型。

現在宇治橋附近的橋姬神社，本來奉祀的是水神瀨織津媛，但現在祂和橋姬被視為同一尊神。

四尊

年復一年

一

除夕。

年底的京都比平時更加熱鬧，除了為迎接新年而出門進行最後採買的本地居民以外，還有許多前來京都過新年的觀光客。有京都廚房之稱的錦市場等地，人潮也比平日洶湧；百貨公司的食品賣場和本地居民常去的超市，都忙著銷售新年用的生魚片及年糕等物品，迎接年終商戰的最後一天。

不過，這和住在家裡又是打工族的良彥沒什麼關係。良彥仗著不用打工，當天睡到將近中午才起床吃早午餐。

「良彥，媽媽要出門了，剩下的就交給你囉！」

正當良彥喝著熬煮得有點過乾的味噌湯配白飯時，做好出門準備的母親探出頭來。腦袋仍然迷迷糊糊的良彥看了她一眼。

「妳要去哪裡？」

「買東西。昨天工作太忙，我根本沒時間準備正月要用的東西。雖然根引松（註29）和鏡餅（註30）已經準備好了，可是我還想買些吃的，而且還有很多東西要買。早知道你有空，就叫你去買了。」

良彥不諳家務事，聽了只覺得一頭霧水，不過年關將近，總是得買些必需用品吧。良彥家並不會特別拘泥於習俗，但是母親每年都會準備京都地區的門松代用品根引松和鏡餅。往年母親還會親手烹煮年菜，不過今年是買現成的。

「對不起，是我這個當兒子的不夠貼心。」

如果母親吩咐，良彥當然會幫忙採買，但是他鮮少主動說要幫忙。因為他怕自己越幫越忙，反而挨罵。

「知道就好。下次記得問問：『母親大人，有孩兒能效勞的地方嗎？』」

母親把米白色圍巾披在脖子上，從容不迫地說道。良彥沒反駁，而是將煎蛋放入口中。這

註29：新年擺放在門口，用來迎接年神的松樹，普遍稱為「門松」。京都地方用的是連根松樹，稱為「根引松」。

註30：由大、小兩個扁圓狀的糕餅重疊而成，用來供奉年神的食品。

時候乖乖點頭，才是最佳選擇。

「等一下社區自治會的人會拿會刊過來，你幫我收下。平常你和鄰居都沒交流，至少收會刊的時候要好好跟人家打招呼，知道嗎？」

看來有麻煩事落到自己頭上，良彥苦著臉望向母親。

「不能請對方丟信箱就好嗎？」

別的不說，在年關將近、諸事繁忙的時候發會刊，負責人也太有冒險精神。

「如果沒人在家，他當然會丟信箱，不過他應該會先按門鈴試試。這算是順便拜年，你可別假裝不在家喔！」

「咦？好麻煩……」

良彥露骨地皺起眉頭。

善於交際的妹妹昨天和朋友出發去跨年旅行了，現在不在家；良彥本來還為此慶幸，認為這樣耳根子清靜多了，誰知道這種麻煩事居然因此落到自己頭上。

見良彥如此不情不願，母親啼笑皆非地嘆一口氣。

「不然你代替你爸爸陪我去買東西也行啊！要逛三間超市，再去百貨公司和量販店，還要順便去藥局一趟。」

「請慢走。」

母親話還沒說完，良彥便深深低下頭，送她出門，並在心中暗自替擔任司機兼搬運工的父親加油。

今天，良彥的身旁難得不見黃金的身影。據說新年一到，眾神便忙得分身乏術，所以黃金要先去向祂們拜年。一大早，祂用肉趾拍醒良彥之後，便立刻出門了。

吃完早餐的良彥無事可做，便打開客廳裡的電視。然而，這個時段總是播放時代劇和又臭又長的綜藝節目，他實在提不起興趣，只好回到寢室。

這陣子一言主也很忙，良彥邀祂一起打電動或聊天都被拒絕。去外縣市工作的同學雖然已經返鄉，但由於良彥辭職之後便和他們斷了往來，所以沒人來找良彥。上個月寄來的同學會明信片，也在良彥猶豫之間超過期限，他終究未能回覆。雖然是自作自受，但良彥有種被世界遺忘的感覺。

「……仔細一想，我已經好幾個月沒像這樣獨處……」

良彥收下宣之言書、成為代理差使、和黃金相識，是在九月的時候，之後轉眼間便過了四個月。

得到宣之言書以前，良彥眼見同學們紛紛在社會上獲得一席之地，又是嫉妒又是焦慮，並為了不時作痛的膝蓋怨天尤人。雖然現在的狀況並沒有多大的改變，但是有了替神明辦事這個目標之後，心情似乎變得輕鬆一些。只不過，神明交辦的差事大多是些難題。

「咦？」

良彥望著桌上，發現宣之言書呈現了攤開來的狀態，而且原為白紙的頁面上，浮現出新的神名。

「……大年神……？」

這是個沒聽過的名字。良彥打量著仍是淡墨的神名。由於毛茸茸神名搜尋器現在不巧外出，良彥不知道這是什麼神，也不知道祂住在哪裡，因而無法採取行動。

「話說回來，用不著選在今天冒出來吧？」

年關將近，放個假又有何妨？偏偏挑在除夕這天浮現名字，大神未免太不上道了。良彥嘆一口氣，打開電腦。只要上網搜尋，應該可以知道祂是哪裡的神明吧？

正當良彥把手放上鍵盤的瞬間，門鈴聲響起，通知訪客的到來。

「哦，是大兒子啊？你媽呢？」

良彥連忙下樓開門，只見一個身穿工作服的六十來歲男性正在門前觀賞根引松，應該就是自治會的人吧。

男子的態度顯得莫名親暱，但思及社區這麼小，對方可能是一路看著自己長大的，倒也就不足為奇。縱使良彥不認得對方，對方或許早已認識他。

「她去買東西……」

「這樣啊。話說回來，她今年也準備了根引松呢。」

男子手上拿著看似傳閱板的檔案夾，盤起手臂，重新打量插在門口兩側的根引松。

「雖然體積小，但是色澤鮮豔，很好。哎呀，真是太迷人了。」

「謝、謝謝……」

良彥一臉困惑地道謝。京都的民宅習慣在門口或玄關旁插根引松——用禮箋紙和蠟繩束起的連根嫩松葉——而不是門松，理由良彥也不太清楚，聽說是因為京都人生性不喜華美。不過，最近會插根引松的人家已越來越少。另有某些大型的日式旅館、高級餐館和茶坊是擺門松，所以倒也不是一律都用根引松代替門松，反正兩者均被視為新年時會帶來好運的吉祥物。

「無論是門松還是根引松，重要的是心意。新年喜氣洋洋，擺個吉祥物總不是什麼壞事吧？可是最近擺放的人越來越少，真冷清啊。」

「哦……」

不知為何，對方突然說起大道理。良彥沒穿外套就出來應門，接觸到冰冷的室外空氣，忍不住發抖。地屬盆地的京都冬天冷得刺骨，這位大叔就不能立刻交出會刊，快點回去嗎？

「像那一戶，本來也會插根引松、掛注連繩的……」

男人違背良彥的期望，一面嘆氣，一面轉向斜對面的人家。

那戶人家前年才剛改建，住著一對年輕夫婦和小男孩，聽說是兒子繼承了父母原有的土地。那戶人家的老太太生前和良彥的母親走得很近，常互相分贈食物或禮品，對於良彥的母親而言，應該算是個忘年之交。

「啊，是的，那一戶本來很講究這些……」

良彥一面冷得猛搓手臂，一面喚醒些微的記憶。那個矮小卻氣質高雅的老太太，是個恪守正月不掃地、祇園祭期間不吃小黃瓜等古老習俗的人。搞不好母親從她身上學到的事，比從住在外地的婆婆身上學到的還多。

「那一戶的老太太還在世的時候，我正月去拜訪，她都會端出好吃的白年糕歡迎我，我每年都很期待。她總是光顧著替兒孫操心，把自己擺第二。」

男人盤起手臂，仰望天空，回憶當時的情景說道。瞧他說得這麼感慨，和那位老太太的交情想必很深厚。

良彥從玄關探出身子，只見那戶人家前，有個大概就讀小學低年級的男孩正在獨自踢足球。從前的京町家（註31）如今變成兩層樓的現代住宅，以白色為基底的門前，已然不見根引松或門松的影子。

「今天是除夕，爸爸媽媽卻還得工作，晚上才會回來，小孩一定很寂寞吧？」

男人循著良彥的視線望去，感慨良多地喃喃說道。

良彥雖然大多時候都窩在家裡，但是對於鄰居的情況所知不多。除夕當天父母都得工作，對於正在放寒假的小孩而言，的確不是件開心的事；再說，必須獨自看家到晚上，想必心裡多少會害怕。

「這是時代的潮流嗎……小孩得獨自過除夕，根引松和門松都消失無蹤。老太太在另一個世界裡一定很擔心吧……」

男人短短地嘆一口氣，回頭望著良彥。

「真希望那戶人家能像從前一樣擺些吉祥物，這樣才能招來福氣啊！」

註31：京都傳統建築，為住家與店舖一體的細長型屋舍。

「嗯……是啊……」

良彥含糊地附和。老實說，對於現在的良彥而言，無論除夕或正月，都和平常的日子沒有兩樣。他雖然有點同情那個小男孩，不過雙薪家庭在這個年頭並不少見。至於根引松，如果母親沒有插，良彥根本不會注意到自家門前有無根引松。

「至少要開開心心地迎接新年嘛！對吧？」

男人和著語尾的節奏，用手上的檔案夾打了良彥的屁股一下。

「好痛！」

寒冷使得痛楚倍增，良彥忍不住撫摸被打的屁股。男人露出豪爽的笑容，對良彥揚手說聲「再見」便離去了。

「呃，呃！等一下，大叔！」

男人沒理會良彥的呼喚，一面攤開手上的檔案夾，一面快步彎過轉角。良彥雖然走到門前，卻沒有追上去的氣力，只能目送他的背影，低聲說道：

「我忘了拿會刊啊……」

良彥拖著涼鞋回到玄關，斜對面人家的小男孩正用窺探的眼神望著他。

二

「現在立刻過來神社。」

回到寢室後，良彥發現擱在一旁的智慧型手機顯示了孝太郎的來電。

「只有你能幫我了。」

他有事找良彥的時候一向毫不客氣，今天卻很難得地採用誇張的懇求法。

良彥沒有拒絕的理由，便換了套衣服前往神社，只見大主神社周圍正忙著準備一年一度的大節目——初詣。

第一鳥居後方的參道上，攤販已經各就定位，專心準備開店。連附近的醃菜店都混在章魚燒及炒麵攤位中擺攤，路邊還停了幾輛載著各種商品的陌生卡車。

在神社境內，拜殿前方的舞殿（註32）每到這個時期便會化為授予所，現在正在準備。長桌

註32：神社內舉辦樂舞儀式的場所。

圍住四方，桌上擺放著隔成多格的木箱，護身符等物品就排列擺放在箱子裡，下方則掛著紅白條紋布幕。對於鮮少在除夕時來神社的良彥而言，眼前是種新奇的光景。

「你說只有我能幫你，根本是因為我很閒吧？」

孝太郎穿著平日在境內穿的裝束，迎接良彥的到來。他帶著良彥繞過社務所，前往平時不能進入的後庭。

「你很清楚嘛！真不愧是良彥，不枉我如此賞識你。」

穿過木門，腳底草鞋踩得沙沙作響的孝太郎刻意吹捧良彥。

平時只能從正面眺望的社務所後庭其實挺寬敞的，還有設置小池塘及石燈籠。舉辦結婚典禮時使用的準備室和宴會廳似乎也是位於這裡，日式住宅風格的建築物屋簷很深，一道外廊環繞著周圍。

「事情是這樣的，眼看新年的一大節目即將到來，卻有個前輩在這時得了流感。」

孝太郎熟門熟路地在境內前進，若無其事地說道。良彥知道他接下來想說什麼，對他投以不悅的視線。

「……你該不會要說，現在正缺男丁幹粗活吧？」

良彥只想得到這個可能性。

聽了良彥的話，孝太郎裝模作樣地露出驚愕之色，掩口叫道：

「良彥……你是什麼時候學會心電感應！」

「是你的企圖太明顯。」

也不想想他們認識幾年了。良彥真想叫數分鐘前被「只有你能幫我了」這句話打動的自己清醒過來。

不久後，孝太郎在倉庫的長格狀拉門前停下腳步，並叫良彥入內。昏暗又滿布塵埃的倉庫中，堆積著許多得用雙手才抱得住的大紙箱，紙箱裡放著護身符、神矢及繪馬等物品。孝太郎指著這些紙箱，若無其事地說道：

「搬到舞殿去。」

良彥頓了一下，笑容滿面地質問孝太郎：

「應該是『請幫我搬去舞殿』才對吧？」

「請幫我搬去舞殿。」

「你說得超沒感情的！而且，你幹嘛不自己搬？」

「還有事情等著我去做。待會兒有大祓式和除夕祭，我忙著做準備。畢竟前輩不在。」

孝太郎搖了搖頭，像是在強調他有多麼辛苦。

「啊，搬完以後幫我去採買。我們這兩天幾乎都得窩在這裡。」

「採買？」

「沒辦法。宮司的太太雖然會幫忙，但是她的年紀已經大了；兒子又不繼承神社，跑去當上班族，過年也不回來；女兒還只是高中生，打工的巫女都是女生。年輕力壯的男人不做，誰來做？」

孝太郎說話的口吻，宛若在說明地球是圓的一樣理所當然。

「這些因素跟我一點關係都沒有。」

良彥用狐疑的眼神看著朋友。老實說，在新年到來之前，他完全沒有前來神社的必要性。

「死黨這麼苦苦哀求你耶！」

「要是你的要求全都照辦，我的身體哪受得了。」

「你沒跟家人報備就在奈良過夜，是我幫你掩飾的。」

聽孝太郎喃喃這麼說，良彥回想起來，皺起眉頭。

「那件事我後來已經請你吃過午餐，扯平了！而且是你幸災樂禍，跟我媽說搞不好是一夜情的吧？害我媽一直跟我說男人就該負起責任，煩都煩死了。」

「咦？哦？是這樣嗎？」

面對裝蒜的孝太郎，良彥心知多說無益，便說了聲「再見」，點頭致意之後，轉身就要離去。孝太郎趕緊抓住良彥的肩膀挽留他。

「哎呀，別這麼說嘛！日後我再請你吃飯，而且還有其他好處喔。」

「好處？」

這個超級現實主義者的朋友支付勞動的報酬時也很苛刻，他這麼說，應該是有什麼打算，不過，他會刻意掛在嘴邊，實在很可疑。

孝太郎四下張望之後，對良彥附耳說道：

「今年來打工的巫女是女大學生，長得超可愛的，等一下就會來了。」

良彥停頓一會兒，回望孝太郎的雙眼。

「請務必讓我幫忙。」

如此這般，見不得光的交易在神域中成立了。

开

「中獎了～」

在舉辦號稱「跨年最後摸彩大拍賣」的商店街裡，身穿法被（註33）的摸彩人員誇張地搖鈴。路過的客人們紛紛好奇地回過頭來觀看，良彥則是呆愣地凝視著從八角形摸彩器中掉出來的水藍色珠子。

直到剛才，良彥都一直往返於大主神社的舞殿和倉庫之間，搬運紙箱；現在則是在孝太郎的吩咐之下，前來指定的商店街採買。

孝太郎說購物得到的摸彩券可以隨良彥處置，良彥便不客氣地拿來使用，他的目標是一獎夏威夷旅行。

「先生，恭喜您中了四獎！」

身穿法被的男性手拿黃色擴音器，對良彥笑咪咪地說道。

「四、四獎啊……」

良彥含糊地笑著，瞥了展示的商品一眼，想知道究竟是什麼獎品。雖然獎項聽起來不怎麼大，但是總比參加獎面紙好吧？

「四獎獎品是『坂谷裝飾』提供的『永遠青翠！桌上型迷你門松組』！」

「好鳥……不，太、太棒了，我好高興……喔……」

雙手抱滿孝太郎指定的暖暖包、果汁、即溶咖啡等物品的良彥，及時把「害我又要多搬東西」這句話給吞回去。這該不會是那個喜歡吉祥物的大叔策劃的陰謀吧？

「……我覺得好累……」

良彥把桌上型迷你門松組硬塞進羽絨夾克中，邁開腳步。不知是因為寒冷，還是因為搬運重物之故，他的右膝疼得厲害。

離開比平時更加擁擠的商店街後，良彥吐著白色氣息，站在斑馬線前方。往來的行人都提著購物袋或百貨公司的紙袋，似乎是和良彥的母親一樣，前來進行年終採買。正當良彥為了確認有無來車而不經意地面向左側時，突然看見一道猛然縮進電線桿後的可疑身影。良彥隔了數秒之後，又把視線從右往左移，只見一道矮小的身影再度躲到電線桿後方。

「……那是什麼？」

良彥雖然好奇，但是交通號誌已經轉為綠燈，他只得邁開腳步。但願只是巧合，或是自己看錯。

然而，良彥邁開腳步後，那道小小的身影便偷偷摸摸地跟在良彥身後。或許那個人是很認

註33：日本傳統服飾之一，多於祭典時穿著。

真在跟蹤，但是他的行跡實在太過可疑，反而顯得醒目。如果有事找良彥，大可直接出聲叫住他啊。

良彥認為繼續玩這種怪異的捉迷藏無濟於事，便使用老套的手法引對方過來。他快步彎過轉角，在牆邊堵人，但在看見慌忙追趕過來的身影後，不禁微微瞪大眼睛。

「你是那一家的……」

那是張熟面孔——在斜對面的住戶門前踢足球的那個稚氣未脫的小男孩。

小男孩見行跡敗露，臉頰漲得通紅，舉止慌張失措。他環顧周圍試圖躲藏，但是說來遺憾，附近沒有可供他藏身的地方。

「你有什麼事？」

不知道這孩子是從哪裡開始跟蹤的？良彥一面嘆息，一面詢問。他不認為自己是個會讓小學生感興趣的帥氣成年人。

「沒、沒事！」

小男孩身穿縫有布章的藍色上衣，氣勢洶洶地反駁。從那般坐立不安的態度看來，他顯然在說謊，但良彥沒時間陪他耗下去。

「那麼，你可不可以別再鬼鬼祟祟地跟在我背後？雖然大哥哥看起來好像很閒，其實正在工作喔！」

說歸說，其實只是幫忙而已。然而，聽了良彥的話語，小男孩興奮地探出身子。

「是神社嗎？你要回神社對吧！我知道那間神社，七五三的時候去過。」

「你從神社就開始跟蹤啦……」

小男孩的跟蹤技巧明明那麼差，自己卻完全沒發現。良彥摀著太陽穴，小男孩不滿地嘟起嘴來。

「不是從神社，是從家裡。因為你很可疑。」

「欸，跟蹤我的你才可疑吧？也不想想我們是頭一次見面。」

「我不叫『欸』，叫友弘，岡田友弘。我認識你，你是萩原家的尼特族。」

聽到這句話，良彥險些跪下來。這種悲慘的謠言竟然傳到鄰居耳中了嗎？

「我不是尼特族！尼特族是指那種不工作，整天窩在家裡打混的人，我有在工作！」

良彥居然跟小孩一般見識，氣憤地回嘴，但最後又快速補充一句「雖然只不過是打工」。

「哦？這不重要啦。」

「很重要！」

「別說這個了，欸！」

「我不叫『欸』，叫良彥。」

良彥以其人之道還治其人之身。為什麼他得被一個小學生叫「欸」？

「良、良彥……你……呃……」

友弘突然遲疑起來，說話結結巴巴，而且神色不安地搖晃身體。

「什麼事？」

他果然有事找自己嗎？良彥俯視友弘問道。

不久後，友弘終於下定決心，抬起頭來。

「良彥，你、你認識神明嗎？」

面對這個意料之外的問題，良彥有股心臟猛然抽動的錯覺。

「為、為什麼這麼問？」

良彥一面感受著冷汗滑落背部，一面問道。

確實，若要問他認不認識神明，他只能回以肯定的答覆。平時一回家就有方位神在（雖然祂今天碰巧出門不在家），透過網路也可以和葛城的名神聯絡；如果前往唐橋，還有個歡迎他來訪的大神靈龍王。問題是，為何這個小男孩會這麼問？別說家人，良彥連對孝太郎都沒提過這件事，因為他覺得說了也沒人相信。

「因為你在神社工作啊！神社裡不是有神明嗎？」

友弘用直率的眼神仰望良彥。

雖然良彥暗想「我在神社工作只限於今天」，但得知友弘的發言和差使之事無關，不禁暗自鬆一口氣。

其實就算被知道了，神明應該也不會責怪他，但是良彥必須阻止新的謠言在鄰居之間散播開來。認識神明的尼特族……簡直像什麼奇怪教派的教祖。

「神社的確有神明，可是我不認識。」

差使的事姑且擺一旁，良彥說了個正經的答案。即使是在神社奉職的孝太郎，若被問起是否認識神明，應該也會否定吧。

「……搞什麼，原來不認識啊。」

聽了良彥的話語，友弘顯然大失所望。對他的反應感到好奇的良彥問道：

「你有事要找神明幫忙嗎？」

瞧他居然跟蹤自己，應該是有很重要的事。

因為寒冷而臉頰發紅的友弘仰望良彥，大大地點頭。良彥感覺得出友弘是認真的，興味盎然地問道：

「什麼事？」

「不告訴你。」

友弘用雙手摀住自己的嘴。

「我只能跟神明講。爸爸說不要把願望隨便告訴別人！」

原來如此，是願望啊！良彥恍然大悟。

雖然黃金不以為然，但是在日本，神明就是替人們實現願望的存在，這種認知普遍存在於男女老幼之間。說歸說，要良彥一一訂正這種觀念，實在太麻煩了。別的不說，對這麼小的孩子說明神明是獻上感謝之意的對象，他也不會明白。

「那你去神社祈求就好啦，何必特地找認識神明的人？」

良彥微微嘆了口氣，友弘搖了搖頭。

「這樣不行啦！神明要聽很多人的願望，很忙的，所以我要找認識神明的人幫我轉達，這樣祂才不會忘記。」

說著，友弘又喃喃地補充一句：

「像爸爸和媽媽工作都很忙，有時候會忘記答應我的事……」

良彥沉吟片刻，抓了抓頭。友弘才小小年紀便想走後門，長大還得了？不過，這也代表他十分迫切。一想到他在除夕當天還得獨自看家，良彥忍不住同情起他。

「……我現在要回神社，你要跟我一起去嗎？」

猶豫過後，良彥如此說道。連他也覺得自己是個濫好人。

「我不認識神明，不過我有朋友是在照顧神明。」

友弘錯愕地眨眼，隨即又一面點頭一面大叫：

「我要去！」

三

寒空下，良彥帶著友弘回到大主神社。他們從參道爬上石階，發現附近某個用注連繩圍起、約四平方公尺大的地方有焚燒過東西的痕跡；雖然現在已不再冒煙，但是仍有黑炭及墊底的燒焦綠杉葉殘留。

「是柴火耶！剛剛這裡在生火啊？」

友弘隔著注連繩烘手，想當然耳，那裡已經沒有熱度了。

「怎麼可能在這種地方生火？應該是在舉辦什麼神事吧。」

這麼一提，剛才孝太郎好像提過要舉行大祓式和除夕祭。

「神事？什麼是神事？」

「呃，神事就是……就是儀式啦！儀式。」

「哦，神事就是儀式啊。」

「對、對。」

良彥一面含糊其詞地回答，一面走向社務所。雖然他是擁有宣之言書的差使，但其實他對於神明或神社了解不多。

「打擾了～」

良彥從社務所的入口窺探內部，裡頭不見任何人影，房內空蕩蕩的。平時不是坐在窗口，就是在裡頭辦理行政事務的孝太郎也不見身影。跟著良彥到來的友弘一臉新奇地環顧房裡。

「來了～啊，是良彥啊。」

不久後，宮司的妻子從布簾後探出頭來。因為孝太郎的關係，良彥曾跟她見過幾次面，她是個豪爽的人。

「這是孝太郎託我採買的東西，要搬到裡面去嗎？」

「哎呀，謝謝你，幫了我大忙。東西放在這裡就好，我叫工讀生來搬。」

說著，宮司的妻子挪動地板上的紙箱，騰出空位來。

「阿姨，剛才那邊在舉辦神事的儀式嗎？」

良彥放下物品的時候，友弘毫不客氣地插嘴問道。

「哎呀，好可愛的孩子。要說是弟弟嘛……年紀好像差太多了？」

「對不起，他是鄰居的孩子。」

良彥連忙低頭道歉。友弘天真無邪地再次問道：

「神事的儀式已經結束了嗎？神明還在嗎？」

面對這個問題，宮司的妻子微微一笑，蹲了下來，配合友弘的視線高度回答：

「剛才舉行的是『臘月大祓』，那是為了去除一整年的穢氣、迎接新年而舉辦的神事。等一下要開始的是除夕祭。」

宮司的妻子指著本宮的方向，良彥也跟著望過去。

「這個儀式是為了感謝神明保佑我們順利度過這一年，並祈求來年的平安。雖然沒有舞蹈也沒有神樂，不是很氣派的神事，不過如果你有興趣，可以去看看。」

說著，宮司的妻子望著友弘，微微一笑。

「神明也會一起看喔！」

除夕當天，大家都忙著迎接新年，所以神社境內的香客並不多，不過，還是可以看見拿著相機的觀光客和氏子的身影。對於熱衷此道的人們而言，這應該是替一年收尾的重大神事。

良彥和友弘互相依偎著等待神事開始。

其實良彥很想喝杯熱咖啡休息一下，但是他不好意思擱下年紀這麼小的男孩不管。另外，他也想實際見識一下神事，便陪著友弘前來觀賞。

過了下午四點，身穿白色狩衣、頭戴烏帽子的神職人員，紛紛從社務所後方現身。他們手裡拿著木笏，腳踩著黑得發亮的淺沓（註34），每走一步，木製鞋底便和地面的碎石子摩擦，發出獨特的聲響。不知何故，境內的空氣似乎因為他們的出現而為之一變。

「啊……」

良彥在神職人員的行列中發現孝太郎的身影。他不過是在平時的裝束上多加了狩衣和烏帽子而已，整個人的氛圍便完全不同。寬大的白色衣袖迎著除夕的風搖曳，垂眼步行的模樣有股凜然之氣。

「那就是照顧神明的人嗎？」

察覺氣氛的友弘小聲詢問良彥。

「嗯，對啊。」

良彥簡短地回答，視線追著孝太郎移動。

雖然有個在神社奉職的朋友，但良彥本身對於神社相當無知。對他而言，神社就是個有困難時去許願，以及初詣時報到一下的地方。然而，偶爾上大主大神神社的網站，會看見年度活動的頁面上滿滿都是祭典的日程。只是，雖然名義上有個「祭」字，有神轎和攤位的活動卻極少，大多是像今天這種氣氛莊嚴的神事。

良彥靜靜地倒抽一口氣。

如白鳥般的神職人員在火爐旁的祓所進行消災儀式之後，又前往本宮，在本宮前的中門內側九十度深深一拜，正式拉開除夕祭的序幕。

宮司畢恭畢敬地獻饌，接著呈奏祝詞；良彥聽著這道低沉悠長的聲音，想起了感嘆正確祭神的人越來越少的黃金。現在在神社，依然會對神明進獻感謝之意，但這樣似乎還不夠。現在

註34：原為平安時代貴族男子穿的淺底鞋，神官於舉辦正式儀式時穿著。

的日本人，有多少人知道神社每個月都會舉行大小祭典？又有多少人理解祭典的意義？

身穿黑色西裝的氏子代表進獻玉串（註35），其他人則在中門前觀禮。不知何故，眾人之間流動著一股更勝冬季寒氣的緊繃氣氛。然而，這股氣氛又像是一種無以言喻的熱氣。隨著集中於本宮前儀式的視線，就連不是氏子的良彥都能領略不可開口、不可出聲的默契。

因為神明就在那裡。

宛若烙印在ＤＮＡ裡一般，光憑這個理由就足以說服所有人。想必是因為有這些憨直的神職人員忠實地承襲了流傳數百年的神事，才能造就這樣的默契。

良彥的視線追逐著表情顯然異於平時的孝太郎。孝太郎神色緊張的臉龐上，帶有些許榮耀的色彩。

人們便是透過侍奉神明的他們看見神明的吧。

良彥身旁的友弘張大嘴巴，出神地看著神事，忘了說話。

⛩

「要找認識神明的人？」

除夕祭結束後，良彥和友弘一起在參集殿（註36）前，攔住換下狩衣與烏帽子的孝太郎。

「對。我有事情要拜託神明，所以要找認識神明的人轉達。你是照顧神明的人吧？你認識神明嗎？」

面對友弘的問題，孝太郎略微思索過後，彎下身子配合友弘的視線高度回答：

「我的確是照顧神明……或者該說是侍奉神明的神職人員，但不算是認識神明的人。」

良彥暗想，孝太郎的回答果然和他料想的一樣。

孝太郎一面揀選言詞，一面繼續說道：

「不過，如果你有事想拜託神明，最好親口對神明說。其實神職人員不該說這種話……」

孝太郎環顧周圍，確認附近沒有前輩們的身影之後，才低聲告訴友弘：

「神明和自己之間，本來就不需要他人介入。無論有多少人說多少話，神明全都聽得見，所以你不用擔心。」

註35：在紅淡比樹的枝葉綁上木棉或紙垂，於神事時進獻給神明之物。

註36：供香客使用的休息室。

聽了孝太郎這句話，友弘下定決心地點了點頭，接著便朝本宮衝去。良彥目送那道小小的背影離去之後，開口說道：

「我還以為你不喜歡這種許願的行為。」

聽到這句話，孝太郎以略感意外的視線望著良彥。

「你有資格說這種話嗎？你在考試前或是比賽前，還不是常來許願？」

「有嗎？」

良彥完全不檢討自己，滿不在乎地回答。聽黃金說成那樣，良彥還以為神職人員也不歡迎那些為了私利私慾求神拜佛的人。

孝太郎對裝蒜的良彥投以狐疑的視線，嘆了口氣。

「無論許的是什麼願望，在神明面前合掌祈求時的感情，確實是向著神明的，所以我並不否定。的確，我也覺得某些成年人的願望貪念過重，不敢苟同……」

孝太郎盤起手臂，走向境內。

「但是，如果我把為了尋找認識神明的人而在大冷天裡四處奔走的小孩趕回去，神明才會責備我吧。」

聽他這麼說，良彥吐出白色的氣息笑道：

「我還在擔心，要是你跟小孩說要幫他辦祈願儀式，那該怎麼辦咧。」

孝太郎嘆一口氣，回頭望向良彥。

「總不能跟小孩收錢吧。還是你要替他付？」

「我幹嘛替他付？」

良彥不悅地回望孝太郎。如果是可以收錢的對象，孝太郎真的會那麼做啊？剛才他明明還說，神明和自己之間不需要他人介入。

「為了弟弟犧牲一下，又有何妨？」

「他不是我弟弟。」

「那是私生子囉？」

「是鄰居的小孩！」

良彥和孝太郎一面鬥嘴，一面走過通往境內的走道。

今年最後的祭典也結束了，境內變得冷冷清清，友弘正在本宮前虔誠地合掌參拜。聽說待會兒神社會暫時關閉，準備迎接新年；直到凌晨零時日期轉變，神社才會重新開放。

「……剛才我看完了整個除夕祭。」

良彥望著唸唸有詞的友弘，開口說道。

「我是頭一次看你辦神事。該怎麼說呢……原來祭神的儀式就是這樣傳承下去的。」

聽見對神社毫無興趣的良彥居然說出這番話，孝太郎故作驚愕地說：

「你是不是發燒了？畢竟天氣這麼冷。」

「不是啦！我只是有感而發。」

從前黃金談到祭神的事時，良彥其實懵懵懂懂。進獻神饌、呈奏祝詞、表達感謝之心——這些事全都是神職人員代替眾多只為了許願而上神社的香客所做的，良彥直到今天似乎才明白這一點。

「……『祭』這個字其實是來自於帶有服從、服侍之意的『服』字。」

孝太郎倚在授予所的柱子上，緩緩道來。

「另外，也含有『等待』神明降駕的意義。不過現在知道這個意義的人很少，大家都以為祭典就是為了熱鬧。」

良彥自知自己也是其中一人，一面苦笑一面聆聽。

「除夕也一樣，本來是要『守歲』，就是守在氏神的神社裡，直到元旦早上。但是，現在分成除夕和初詣兩個活動，而且因為交通發達，大家都不去自家附近的氏神神社，反而跑到大神社去初詣。」

孝太郎望著即將下雪的昏暗天空說道。隨著話語吐出的白色氣息飄盪於空中，又隨即消散無蹤。

「隨著時代變化的事物很多，有些事物光靠神職人員的力量無法撼動……不過，也有些事物是只有神職人員才能捍衛，而我只是傳承這些事物而已。」

良彥凝視著身旁朋友的側臉。過去良彥只注意到他超級現實主義者的一面，不過，或許他其實是抱著很真誠的態度在面對自己的神職工作。

「……只有神職人員才能捍衛的事物啊？」

那麼，身為區區打工族的自己，又能做什麼？

良彥轉動視線，追逐著自己吐出的白色氣息。

意外獲選為代理差使的自己，能夠捍衛的事物——

「拜完了！」

友弘參拜完畢，神清氣爽地回來。

「你跟神明說了嗎？」

盤著手臂的孝太郎帶著溫柔的表情詢問。

「說了！」

「那就沒問題了。」

孝太郎和友弘互擊拳頭。看著他們的良彥突然想起一件事，開口問道：

「話說回來，我不用幫忙了嗎？」

神社關門之後，才是最忙碌的時候吧？

然而，孝太郎一反良彥的預測，爽快地點頭說：

「夠了，宮司的太太也很感謝你，你可以帶著友弘回去了，下次我再請你吃飯。」

「哦，嗯……咦？不，等一下。」

孝太郎如此輕易地同意自己回家，良彥反倒難以接受，轉而逼問孝太郎：

「好處呢？」

「好處？」

「可愛的女大學生工讀生呢？」

「有來啊。」

孝太郎指著參集殿的方向，賊賊一笑。

「來是來了，但有人說過你可以和她交流嗎？」

「啊啊啊！」

這和當初說好的不一樣！他的夢幻計畫——和穿著巫女裝的可愛女大學生，一起開開心心地迎接新年——該怎麼辦？

「順帶一提，等一下我要去和她們開會。神社馬上就要關門，你快回去吧。」

「慢著！」

「你想和巫女交流的話，請來初詣，只要買個供品，她們就會對你微笑。啊，但是不可以摸喔！」

「你這個混蛋，把我的夢想還來！」

友弘則是目瞪口呆地看著他們唇槍舌戰。

「我生日的那一天，明明說好全家要一起去餐廳吃飯，可是爸爸得要出差，結果只剩我和媽媽一起吃蛋糕。」

從神社踏上歸途，兩人走在太陽下山後的昏暗道路上，友弘開始娓娓道來。

「聖誕節本來說要全家一起去旅行，可是媽媽要上夜班，我只好和爸爸一起吃肯德基。」

根據友弘所言，身為系統工程師的父親和身為護理師的母親上班時間都不規律，所以很難三個人一起共度節日。

「所以，他們答應我至少要全家一起迎接新年，一起吃年夜飯，一起出去玩。」

然而，昨天友弘的父親又因為伺服器出了問題而被緊急召喚，他母親則因為同事家裡發生不幸，不得不幫忙代班。雖然友弘早已習慣獨自看家，但他為此感到相當不安。

——爸媽是否又會爽約呢？

「所以我向神明許願，希望能夠全家一起迎接新年。你不可以跟別人說喔！」

友弘一本正經地叮嚀良彥。

「我是破例跟你說的。」

「謝謝。」

面對友弘的破例對待，良彥一面苦笑一面回答。

由於宣之言書裡沒有浮現名字，良彥看不見大主神社供奉的神明，但他認為神明應該不至於嫌棄如此卑微的心願吧。若是重情的一言主聽了，一定會泛著淚光鼓勵友弘。

「神明真的有聽到我的願望嗎？」

友弘不安地仰望良彥問道，良彥沉吟片刻，尋找著回答的話語。大主神社的神明應該聽見了吧？但友弘的願望會不會實現，良彥可就不知道。根據阿杏的說法，對於自古以來就和這塊土地息息相關的神明而言，凡人像自己的孩子一樣可愛；孩子討零用錢，往往不忍心拒絕。不過，大主神社的神明會如何判斷呢？

「總之，你就相信神明吧。」

良彥帶入自己的願望，拍了拍友弘幼小的肩膀鼓勵他。接著，他突然發現一直放在外套口袋中的獎品。

「對了，這個好像是新年的吉祥物，你拿去裝飾。」

良彥拿出獎品遞給友弘，友弘詫異地眨了眨眼。

「這是什麼？」

「門松，正月的裝飾品。雖然這一帶用根引松的人比較多……」

說到這裡，良彥將門松交給友弘。

「祝你福氣臨門。」

友弘一臉好奇地接過門松，開心地笑了，並說了聲謝謝。

他們走到家門附近，發現友弘家的燈光亮著，而且，他的父母正一臉擔心地環顧周圍，尋找自己的孩子，手上邊撥打著智慧型手機，試圖與兒子取得聯繫。

「媽媽！爸爸！」

看著友弘開心地奔向前去的背影，良彥忍不住露出笑容。

這是巧合？或是大主神社的神明給的零用錢？無論為何者，友弘能夠迎接幸福的新年，讓良彥覺得像是自己的願望成真一樣開心。

抬頭一看，年終的天空開始飄雪。

然而，良彥心中卻是暖洋洋的。

四

「電視和電腦有什麼不同啊？」

紅白歌唱大賽結束，除夕的鐘聲也響完了。時間接近凌晨一點，父母早已回寢室睡覺，只剩下良彥留在客廳觀賞歌唱節目。

「完全不一樣……喂，祢擋在我前面，我看不見啦！」

直到良彥的父母熟睡之後，黃金才回來，現在正在極近距離之下，觀賞當紅女子偶像團體唱歌跳舞的畫面。良彥的寢室裡沒有電視，都是用機上盒加電腦代替，或許黃金是覺得大畫面很新奇吧。

「一站到這玩意兒前面，鬍鬚就麻麻的……太詭異了！」

「呃，那應該是靜電……」

良彥一面翻閱桌上的自治會會刊，一面冷靜地吐嘈用肉趾拍打電視畫面的黃金。

在良彥出門的期間，那個大叔似乎又來過一趟，母親說會刊是放在信箱裡。除夕這麼忙，還真是辛苦他了。

此時，廚房裡的小烤箱響了，良彥站起來。他肚子有點餓，便先一步感受年節的氣氛，烤了些白年糕來吃。

「白年糕啊？」

良彥端著微焦的兩塊白年糕、海苔和醬油回到電視前，黃金立刻興沖沖地探頭探腦。

「白年糕也是供奉給神明的供品，比如鏡餅就是個很好的例子。」

良彥將醬油倒入碟子裡，並用海苔捲起白年糕，黃金則對他頻送秋波。

「……意思是祢想吃嗎？」

良彥一面小心地抓起燙手的白年糕，一面詢問。黃金連忙搖頭。

「說、說什麼蠢話！我說過很多次了，我對凡人的食物沒興趣！」

「啊，是嗎？我還以為祢也想吃，特地烤了兩塊耶。」
聞言，黃金豎起耳朵和尾巴，黃綠色的眼睛閃閃發光。
「既、既然這樣，我就勉為其難……」
祂嘴上還是裝得不情不願地答道。
面對黃金這種死鴨子嘴硬的態度，良彥努力克制著竊笑。起初良彥覺得祂很難相處，不過最近越來越懂得該如何應付祂。
「開動～」
良彥擱下仍在嘀嘀咕咕地自我辯護的黃金，咬了一口白年糕。外側酥脆、內側柔軟又有彈性的口感，他已經很久沒品嘗過了。
「良彥，我一直覺得你的餐前禮儀沒學好。」
見狀，黃金搖著尾巴，從旁插嘴。
「一拜一拍手跟和歌呢？得先吟和歌才喊開動吧？」
「和歌？」
良彥嘴上拉扯著咬不斷的白年糕，望向黃金問道。
「什麼跟什麼啊？誰會在吃飯前吟唱和歌？」

這是哪個風雅時代的規矩？聽都沒聽過。

見到良彥這種反應，黃金把腳搭在桌上，大為驚愕。

「天啊……你居然連『五穀雜糧、百草樹木，皆日之大神普照萬物之恩澤』的感謝之歌都不知道？」

「五、五穀雜糧？」

良彥連五穀是哪些都不知道。

「哎呀，最近的日本人不知道這些啦。」

一道聲音從出人意表的方向傳來，嚇得良彥猛然回頭。只見白天那個身穿工作服的男子，正在吃盤子上的第二塊白年糕，不知道是從哪裡進來的。

「你怎麼隨便跑進來啊！」

良彥忘記現在是深夜，忍不住大聲質問。剛才父母回寢室前，應該已經檢查過所有門窗。別的不說，良彥根本沒聽見門窗開啟的聲音。

「有什麼關係？別這麼死腦筋嘛。」

「當然有關係啊！這是別人的家耶！我要叫警察了喔！」

面對意料之外的事態，良彥慌了手腳，回頭望向身旁的神明。既然住在家裡，怎麼不順便發揮保全的功用？

「喂，黃金，祢是神明，居然沒發……」

良彥邊說邊看著黃金。但比起家中遭人非法入侵，白年糕被吃掉似乎帶給黃金更大的打擊，只見祂的雙耳下垂、嘴巴半開，哀傷的眼神追逐著逐漸被吃掉的白年糕。既然祂那麼想吃，剛才幹嘛不乖乖吃掉？

「對了，印我已經蓋好囉。」

男人轉眼間便吃完白年糕，接著摸出一本綠色冊子，放到桌上。

「咦？這是……」

見狀，良彥困惑地拿起冊子。

難怪他覺得有點眼熟，原來是宣之言書。他記得自己是放在書桌上，難道連寢室都在不知不覺間遭人入侵？

「多虧了你，我今年也能拜訪斜對面那戶人家啦。」

「斜對面？咦？那不是友弘的……」

「好了，黃金老爺，失陪啦。」

男人擱下一片混亂的良彥，向黃金行了一禮之後，便在空氣中融化消失。

恢復寂靜的客廳裡，只有電視的音樂聲作響。

「……剛才的是誰？」

良彥凝視著男人剛才所在的位置，呆愣地問道。那人看得見黃金，而且認識黃金，又知道宣之言書的存在。這麼說來──

「大年神，也稱為歲德神，就是替新年帶來福氣的年神。」

聽了黃金的話語，良彥慌忙打開宣之言書。這麼一提，他今早觀看宣之言書的時候，上頭的確出現了這個名字。

「原來祂不是喜歡吉祥物的社區自治會大叔啊……」

翻開的頁面中，大年神的名字上了烏黑的墨水，上頭還蓋著門松與根引松圖案的朱印。黃金窺探頁面，用前腳指著朱印。

「門松和根引松可以成為依代，沒有這些物品的住家，年神無法上門。」

聽黃金這麼說，良彥想起和大年神見面時的事。當時祂抱怨最近擺放這類吉祥物的人家越來越少，而且特別關心從前有插根引松的友弘家。

「哦，原來是這麼一回事……」

良彥並不記得自己曾被交辦任何差事，不過這下子他可就恍然大悟。

讓曾經恭請自己進門的那戶人家再度安放依代。

讓祂能以福神之姿造訪那家人。

這就是大年神交辦的差事。

「……可是我送的是『永遠青翠！桌上型迷你門松組』耶……」

不但竹子不是真的，那還是桌上型的，尺寸極小。這種東西可以當依代嗎？

「我不知道發生了什麼事，不過神注重的不是外觀，而是其中蘊含的心意。」

黃金的黃綠色眼眸仰望著良彥。

「而你贈送的正是心意。」

良彥再度凝視宣之言書。

既然這就是差事，幹嘛不明說？良彥雖然這麼想，卻又覺得他如果事先知情，或許就無法真心誠意地對待友弘。或許他會花錢買株根引松或門松，交給友弘之後就拍拍屁股離開；或許他就不會打從心底同情想找認識神明之人的友弘。

「我本來以為祂只是個自治會的大叔……原來一切都在祂的預料之中……」

良彥喃喃說道。或許這正是祂之所以為神的原因，而這也讓良彥重新體認到，交辦自己差事的是超越人類的存在。

「年神從以前就常化成凡人的模樣出來走動，你八成也是被祂騙了。看在旁人眼裡，你鐵定是個自言自語的怪胎。」

說著，黃金搖了搖尾巴，心浮氣躁地望著良彥。

「對了，良彥，你是不是忘記些什麼？」

良彥從宣之言書抬起頭來，眨了眨眼，思索自己忘記什麼。

「咦？什麼？我忘記什麼事嗎？」

黃金對著錯愕的良彥清了清喉嚨，並用前腳指著桌上的盤子。

「白年糕。」

「咦？啊，祢要吃嗎？」

剛才不是嘀嘀咕咕地說祂不想吃嗎？

「我是看你特地準備，才勉為其難要吃的！可是，可是大年神……」

「知道了、知道了，我去幫祢烤。」

新年才剛到，良彥又把白年糕放入小烤箱。

他看著在小烤箱前迫不及待地等著白年糕烤好的黃金，一面縮在被爐中取暖，一面剝開橘子皮，享受幸福的滋味。

黃金要良彥當代理差使時，他覺得繼承祖父的志業，是現在的自己唯一可走的路；同時，他認為和祖父做同樣的事，或許就能理解祖父拖著年邁的身軀替神明辦事的理由。

幫忙辦事的對象不是人類，而是神明，既花時間又花金錢，而且沒有報酬，為何祖父要接下這份工作？

當初良彥感到疑惑，現在卻有些明白了。

良彥看著從前祖父應該相當愛惜的宣之言書。

祖父是個為了讓大家開心，願意主動接下去公園拔草及打掃垃圾場等工作的人，還常被祖母罵說是個濫好人。

對祖父而言，對方是神或人，應該沒有分別吧。

對方有困難，所以他伸出援手。

如果祖父還活著，現在一定仍在四處替神明辦事。為了需要幫助的神明，他一定會竭盡所能，直到倒下的那一刻為止。

「良彥，烤好了！它『叮』了一聲！」

黃金在小烤箱前沉不住氣地呼喚良彥。

「那你就自己拿出……啊，用那雙肉趾大概辦不到吧……」

良彥塞了滿嘴的橘子，站了起來。

「這是我的，是我的白年糕喔！」

「我知道、我知道，沒人會跟祢搶。」

「好香的味道！這就是日之大神的恩澤！」

「欸，祢很吵耶，現在已經是半夜了。」

「要記得捲海苔啊！醬油也別忘了！」

「是、是，知道啦。」

良彥不知道自己能否像祖父那樣，不計較個人得失，為了別人盡心盡力。

不過，暫時承接祖父的「工作」應該無妨吧。

如果這樣的自己也能幫上別人的忙——

他看著眼前開開心心地吃著白年糕的狐神，露出笑容。

良彥一直不明白新年有什麼好慶賀、有什麼不同，不過，今天他倒是有些許慶賀之心。

恭賀新喜。

願所有的神與人都擁有安詳的幸福。

要點 神明講座 4

年神是什麼樣的神明？

年神是民間信仰中替新年帶來福氣的神明。不過，現代有些人將祂和須佐之男命的兒子大年神或方位神之一的歲德神視為同一尊神明。

年神是民間信仰裡的神明，大年神是神道中的神，歲德神則出自陰陽道，但日本人卻將祂們全混在一塊。這種想法或許正反映了日本人認為「萬物皆有神靈」的寬和之心吧。

無論是民間信仰、神道或陰陽道，
都深深扎根在現代日本人的生活中。

說書

「我的孫子出生了。」

總是面露安詳微笑的差使來向我報告這件事的光景，至今我仍常回想起來。

「我和兒子、媳婦一起去初宮參拜。」

「我買了玩具車給孫子當生日禮物。」

「再過不久，就是孫子的第一個七五三呢。」

「孫子五歲了，我陪他一起過端午節（註37）。」

「去年又生了一個妹妹，家裡很熱鬧。」

每次聽到這些話，我總是透過他看見凡人不斷重複的命運，猶如雨水滴落大地，經過河川與海洋回到天空，然後再次化為雨滴落下。

曾幾何時，為了孫子誕生而高興的差使也難逃凡人的宿命，脫離臭皮囊返回天上的日子漸漸接近了。

他失去意識，被人送進叫做醫院的設施裡。當我為了最後一次慰勞他而登門拜訪時，說來意外，他的表情竟是神清氣爽。縱使即將啟程前往幽冥，他也沒有因此感到恐懼或絕望；活得充實的凡人，表情總是如此開朗。

「擔任差使的我，或許不該說這種話……」

終於到了離開人世的前一天，他的魂魄在被窩裡的肉體上正坐，難以啟齒地說道：

「最後能不能請祢成全我一個心願？」

聽到這句話，我睜大眼睛。向神許願是多麼愚昧的事，長年擔任差使的他一定明白。

「當然，我也知道向身為大神眷屬的祢許願，是種不知好歹的愚昧行徑……可是，我就是放不下心。」

在這種狀況下，他有什麼心願？

註37：日本的端午節亦被視為男兒節，會舉辦各種祈求男孩平安長大的活動。

是希望我延長他的壽命？還是有關於財產及墓地的安排，要我轉達給他的子孫？無論為何者，都不是我該干涉的事。

然而我卻一時興起，姑且問問他求的是什麼。

過去的差使那雙年老的眼眸一瞬間燦然生光。

「承蒙神明賜給我這具肉身八十幾年，在這段期間內，日本改變了不少，科學和醫療越來越發達，但是人際關係卻變得很薄弱，許多人連鄰居都不認得。在這樣的時代，可能發生各種問題。」

說到這裡，他停頓一會兒，靜靜微笑。

「可是，我喜歡這個世間。」

這個出其不意的笑容讓我忍不住動了動耳朵。

「雖然年輕的時候我也吃過苦，但是有幸成為差使、幫眾神辦事，還有好伴侶、好家人陪在身旁，讓我過著幸福的日子。老實說，我還想在他們的圍繞下多活一段日子，可是我也明白生死有命的道理。我能夠活到這把歲數，已經是神明的恩澤了。」

「你到底想說什麼？」

面對他尚未明朗的真正用意，我開口詢問。

他像是在找尋詞語一般，沉默片刻。

「……或許祢會笑我太寵孫子……可是，我就是放不下心。那孩子老是被能幹的妹妹騎到頭上，傻里傻氣的，又不懂得人情世故，除了棒球以外，做什麼都是普普通通；但是一旦下定決心，就算要他為了別人粉身碎骨，他也在所不惜。如今要留下這個死心眼的孫子離開人世，我真的放不下心。」

或許他雖然躺在病床上，卻已經知道了。

有個青年無論颳風下雨，都摀著發疼的膝蓋爬上境內的階梯，為了祖父祈禱。

「我不期望他當大官或賺大錢，就算平平凡凡的也好，只要他過得幸福，我就很開心了。所以，可以請祢保佑他嗎？當他迷惘的時候，希望祢能悄悄指引他一條明路，好讓那孩子活得像他自己。」

他的眼眸中帶著面對死亡時的那種鎮定、柔和但絕不妥協的堅強光芒。

「這是我第一個，也是最後一個心願。」

之後，差使的心願是否實現，應該不用多說吧？

這是巧合？或是用消去法做出的選擇？還是眾神給的零用錢？就交由閱讀本文的凡人用心去判斷。

祖父關懷孫子，孫子關懷祖父。

向神許願，並非值得褒獎的事。

但是看著凡人為了旁人祈禱，感覺並不壞。

不斷流轉的人世依然日復一日，春去秋來。

他成為差使以後的故事還很多，不過我先暫且擱筆。戲言就是要慢慢品味才有趣。

直至我的鱗片褪去色彩的那一日為止——

若這個故事能被傳承下去，落入後世的凡人手中。

那也會是，無常人世中的一大樂事吧。

後記

伊勢神宮御正殿的周圍鋪滿拳頭大的白石子，叫做「御白石」。在進行名為「御垣內參拜」的正式參拜之際，必須身穿正式服裝，踩在石子上，走進外玉垣（註38）內側。然而，由於這些石子和拳頭一樣大，如果穿著有跟的鞋子，每踏出一步都不太穩定，走起路來就像剛出生的小鹿一樣。

某月某日，在此地成了小鹿斑比的我，跟在神官身後搖搖晃晃地邁開腳步，卻發現走在前方的神官，他的步履比我更加蹣跚。

帶領我前往御垣內的神官穿的是一種叫做淺沓的木鞋。既然是木鞋，當然毫無彈性，而且這種鞋子無法完全包覆住腳掌，走路時必須拖著鞋子行走。看著穿這種鞋的腳在御白石上不穩定地步步行走的樣子，讓我產生極為不祥的預感。

我只是一介香客，跌倒還無妨。

但要是神官跌倒了，那該怎麼辦？

能在伊勢神宮奉職，應該是菁英中的菁英。一想到這個頭戴烏帽子、英姿煥發的人，可能在下一瞬間一頭栽進御白石裡，我就覺得自己不能再安於當小鹿斑比。他跌倒的時候，我該怎麼辦？不能讓他丟臉，我是否該在明知其他宗教才有這種儀式的狀況下，仍大叫：「要五體投地嗎？我知道了！」和他一同臥倒？還是該問：「怎麼了？咦？心臟病發作？難怪會倒地！誰快幫忙叫一下救護車！」刻意強調他並非跌倒？

就在我暗自思索的時候，擔心的事情終於發生。踏出一步的淺沓卡在石縫間，神官的腳踝呈九十度往內彎曲。沒救了，五體投地Coming soon！

可是，就在我慌張失措的下一瞬間，神官用呈現直角的腳踝踏穩腳步，接著又若無其事地再度邁步，只差沒回頭笑著問我：「怎麼了？」

神官的腳踝是不是內建緩衝性極佳的軟骨啊？幸好我沒先五體投地……就這樣，斑比淺葉一面心懷如此感想，一面搖搖晃晃地走進御垣內，向神明合掌參拜。第一次正式參拜的感想居

註38：「玉垣」為圍繞神社、宮殿四周的垣牆，亦稱「瑞垣」。

然是這樣，希望伊勢神宮別來向我抗議。

前言拖得太長了，容我重新打聲招呼。大家好，我是淺葉なつ，感謝您在為數眾多的書籍之中，拿起我的第五本著作。

從幾年前開始收集的御朱印帳已經超過五本，於是我向責編表示想寫神明的故事，而本作就此誕生。作品中登場的神社，全都是參考實際存在的神社，我也全都參訪過了。

我每次出遠門都說想去神社，所以周圍的人似乎認為「要招待淺葉，帶去神社就行了」，事實上也正是如此。各位讀者去神社時，如果看到有人在拍攝神社角落生苔的燈籠，那個人八成是我；如果遇到有人明明問了該怎麼前往很遠的末社，卻仍在山路上徘徊，那個人八成也是我。這時候，請您悄悄告訴那個人：「淺葉，不是那條路喔。」

這回執筆，很感謝父親是神職人員的同期作家T老師給予我許多寶貴的建議。在您截稿日前打擾您，實在很抱歉……有真實案例供我參考，對我的幫助真的很大。我也要感謝「Un-luckys」依然溫暖守護著毫無計畫的我，並對家人、親戚、祖先獻上不變的愛與感謝。還有，替我繪製插畫的くろのくろ老師，真的很感謝您在百忙之中接下這個工作！看到遠比想像中更美的成品，我忍不住要求將書名縮小，以免擋到背景圖（笑）。

兩位責編還是一樣百般照顧我，我真的覺得自己睡覺時不能把腳朝向東京。我照著討論時決定的方針「溫馨、祥和又令人感動的故事」寫下這本書，可是……咦？什麼？太像鬧劇？奇怪，是不是錯覺啊？似乎曾有過這樣的對話……今、今後也請兩位多多指教。

最後，但願神明的氣息也能傳到拿起這本書的您身邊。

祈禱能和您在某處重逢。

二〇一三年十一月吉日　感受著吹過舊租界的秋風　淺葉なつ

參考文獻

《神社入門》　監修・神社本廳（扶桑社）
《續 神社入門》　監修・神社本廳（扶桑社）
《神話的核心》　監修・神社本廳（扶桑社）
《遷神的要點》　監修・神社本廳（扶桑社）

輕文學 Light Literature

©NAOKI YUKITA 2013

彷彿踏入「神隱少女」的時空，帶著懷念的和風滋味。
日本七刷暢銷系列作！AMAZON 五星溫馨療癒推薦！

巷弄間的妖怪們 綾櫛小巷加納裱褙店 1~2

行田尚希／著　江宓蓁／譯

綾櫛小巷裡有家店，住著一位美得像從畫裡走出來般的年輕裱褙師——加納環，除了一般的裱褙工作之外，她還會接受檯面下的工作委託，鎮壓住隱藏於畫中的思念，無法傳達的愛慕之情、欽羨家庭和睦的落寞、來不及傾訴給逝者的悔意。還有一群生活在現代的妖怪們，他們之間會交織出什麼樣溫暖人心的故事呢？

定價：各 NT$280/HK$85

輕文學
Light Literature

© AKIHIKO ODO 2013

笨拙又溫柔的送行者，
以一段段「送別」，譜出感動人心的溫暖樂章。

送行者—溫柔又笨拙的送行人們—

御堂彰彥／著　董芃妤／譯

瀨川託實是剛進「行定事故調查事務所」的實習生。他的工作是直接向死者本人打聽，探究他們死亡的真相；並藉由了卻死者的掛念，讓亡魂抵達「彼岸」。但是，因天生具備看得見幽靈的特異能力，自幼便遭眾人疏遠、害怕與人深交的託實，又該如何勝任這份必須踏入他人內心的「送行者」工作？

定價：NT$260/HK$78

國家圖書館出版品預行編目資料

諸神的差使 / 淺葉なつ作；王靜怡譯. -- 初版.
-- 臺北市：臺灣角川, 2015.02-
冊；　公分. --（角川輕.文學）

譯自：神様の御用人
ISBN 978-986-366-370-6(第1冊：平裝)

861.57　　　　103026767

輕文學
Light Literature

諸神的差使 1

原著名＊神様の御用人

作　　者＊淺葉なつ
插　　畫＊くろのくろ
譯　　者＊王靜怡

2015年2月10日　初版第1刷發行
2016年5月13日　初版第2刷發行

發 行 人＊成田聖
總 編 輯＊呂慧君
主　　編＊李維莉
文字編輯＊溫佩蓉
資深設計指導＊黃珮君
美術設計＊陳晞叡
印　　務＊李明修（主任）、張加恩、黎宇凡、潘尚琪

發 行 所＊台灣角川股份有限公司
地　　址＊105台北市光復北路11巷44號5樓
電　　話＊（02）2747-2433
傳　　真＊（02）2747-2558
網　　址＊http://www.kadokawa.com.tw
劃撥帳戶＊台灣角川股份有限公司
劃撥帳號＊19487412
製　　版＊尚騰印刷事業有限公司
I S B N＊978-986-366-370-6

香港代理
香港角川有限公司
地　　址＊香港新界葵涌興芳路223號新都會廣場第2座17樓1701-02A室
電　　話＊（852）3653-2888

法律顧問＊寰瀛法律事務所